英倫蛀書蟲

作者／蔡明燁

WISE系列

英倫蛀書蟲

作　　　者：蔡明燁
出　版　者：生智文化事業有限公司
發　行　人：宋宏智
總　編　輯：林新倫
主　　　編：林淑雯
副　主　編：陳裕升
企 劃 編 輯：王佩君
媒 體 企 劃：汪君瑜
文 字 編 輯：李俊賢
版 面 構 成：泫工作室
封 面 設 計：Atelier ZERO零・工作室・鄭雅玲
印　　　務：黃志賢
登　記　證：局版北市業字第677號
地　　　址：台北市新生南路三段88號5樓之6
電　　　話：(02)2366-0309　　(02)2366-0310
網　　　址：http://www.ycrc.com.tw
服 務 信 箱：service@ycrc.com.tw
郵 撥 帳 號：19735365　　戶名：葉忠賢
印　　　刷：鼎易印刷事業股份有限公司
法 律 顧 問：北辰著作權事務所 蕭雄淋律師
初 版 一 刷：2004年4月　　定價：新台幣250 元
I S B N：957-818-612-6

英倫蛀書蟲／蔡明燁 著. -- 初版.
--臺北市：生智, 2004〔民94〕
　面：　　公分.--（WISE系列）
　　ISBN 957-818-612-6（平裝）
1.英國文學—作品評論　2.出版業—英國
873.2　　　　　　　　　93002579

總經銷：揚智文化事業股份有限公司
地址：台北市新生南路三段88號5樓之6
電話：（02）2366-0309 傳真：（02）2366-0310
※本書如有缺頁、破損、裝訂錯誤，請寄回更換

目錄
C O N T E N T S

輯三　書香與書潮

出版緣起

這本集子裡所收錄的文章，多是我從一九九九年到二〇〇三年之間寫就的評論，因此所推介的作品，泰半也反映了這個時程。其中的許多文字曾在《中國時報》開卷版，以及國家圖書館的《全國新書資訊月刊》上發表過，但是爲了符合書籍出版的特性，我在整理稿件時，一方面儘量從「現在」做出發點重新增刪、修飾，以減少時間上的斷層感，同時也儘量把相近的題材歸納一處，甚至統合改寫成一篇文章，以降低內容上的重複性。然而爲了顧及每篇文稿本身的完整及論述觀點的一致，某種程度上的「斷層」和「重複」，有時候還是難免，這一點只好請讀者諸君多多諒解。

我在這裡將稿件分成三部分，輯一的文章旨在對英國書市做全面性的觀照，反映了我對幾項大型文學獎、閱讀活動和某些出版現象的觀察；輯二的焦點放在幾個特定作家的身上，他們的作品各有千秋，之所以吸引我的原因也各異，但「蛀書」既久，我終於忍不住也想把「著書蟲」帶到讀者的眼前，和大家做個朋友！至於輯三的重點則又回到了書籍本身，記錄了我的品讀心得。

英文專有名詞、作家和作品在全書正文中第一次出現時，我都附上了原文，以便讀者對照查閱，不過隨後再次出現時，除非情況特殊，否則便只有中譯，這是爲了避免全書處處中英文夾雜，造成閱讀上的困擾。大部分的譯辭，我都儘量採用國人熟知的語彙，例如，把「John」翻成「約翰」

而非「強恩」，把《*The Times*》翻成《泰晤士報》而非《時報》等。比較例外的是對「BBC」的譯法，一般多將之譯爲「英國廣播公司」，但因BBC的歷史演變和經營型態，稱爲具有商業性質的「公司」，很容易誤導讀者，因此我採取馮建三博士的譯法，以「英國廣播協會」稱之。

　　書中所談及的作品和作家，有些在我撰稿時尚未發現中譯本，這時書名和作者名自然由我翻譯；但若隨後發現已有中譯本出爐，我便儘可能從善如流，以求統一（很遺憾的是，國內的中譯本之間也往往互相牴觸，沒有什麼統一性可言，我反正是量力而爲吧），也因此同樣的作家和作品出現在《英倫書房》和這本書裡頭，譯名上可能會有些許出入，例如小說家「Ian McEwan」，我在《英倫書房》中叫他「麥攸恩」，但在《英倫蛀書蟲》裡卻稱他「麥克伊溫」，採納後者是爲了和國內出版界同步之故。

蟲蟲危（轉）機：
文學世界的新海圖

一、 蟲蟲世界

蟲蟲的世界即是文字的世界。

蟲，地球生物最「主流」的族群，在「百科全書」的巨形透明玻璃瓶內，千般飛舞、鳴叫、跳躍，已熱熱鬧鬧聚集一百萬餘種——它可以是蝴蝶、蜻蜓、螳螂、蟬、瓢蟲（昆蟲綱）或蜘蛛、壁蝨、蠍子（蛛形綱）或螃蟹、龍蝦（甲殼綱）或蜈蚣（唇足綱）或馬陸（倍足綱）或木節蚤（有爪綱）等；在「辭海」的玻璃瓶內，蟲亦是動物的總名——禽為「羽蟲」，獸為「毛蟲」，龜為「甲蟲」，魚為「鱗蟲」，老虎為「大蟲」，而人為「倮蟲」；在文化的玻璃瓶內，蟲則有成癮或貶謫之意—讀書成癮者稱「書蟲」，抽煙成癮者稱「煙蟲」，不事生產者稱「米蟲」，而專門魚肉民、壟斷市場、哄抬農價者，常被譏稱為「果蟲」、「菜蟲」及「蒜蟲」等。在此，蟲跌入解構延異（Differance）的魔幻時空，憑藉其高度的適應性、旺盛的繁殖力和敏捷的飛翔力，終究飛出層層囚禁的玻璃瓶，卻誤闖此書玻璃瓶內，變形為「文字」。文字的世界即是蟲蟲的世界—不斷地交配、繁殖、混血、演化，也不斷地被製成「標本」。 眼前，書寫在六百字稿紙中潦草的文字彷彿是被捕抓、分類、製作後的各類昆蟲，在最後掙扎

（潤搞）後，僵硬微曲的肢節羽翅向外開張，以不同之姿靜靜平躺，井然有序地被置放在小小四方稿格箱內供讀者觀賞——稱為「序」。

二、　蟲蟲危機

話說上帝（或某種神秘的力量）創世紀後，日月麗空、江河行地、鵬雁唳天，草本昆蟲各從其類，各居其所，渾沌中自有其序。人類遂以文字在這顆美麗星球上開創了數千年的「文」明——一種文本化的現實，一種符號建構的世界；而「書」之於此符號世界，猶如「家」之於人類的社會，以類別屬性聚集、聚沙成塔，「文明」因而開始繁殖。然，十九世紀初，製「書」術伴隨「工業革命」的巨輪前進，日新月異，文字可以快速、輕易、便宜地被大量複製，造成蟲蟲的第一次危機——知識的「外爆」。二十世紀末，「資訊化」及「全球化」時代竄起，知識宮牆再一次一面、一面轟然倒下，知識急速去疆域化（de-territorialization），四海比鄰，小小螢幕藏天地，我們僅需端坐螢幕前，輕握滑鼠，時間長無極，空間廣無傳，來往虛擬世界中，傾刻遍沙界，瞬息歷五洲。蟲蟲世界進而面臨第二次危機——知識的「內爆」（文字與意義之間內在符號鏈的快速斷裂）書本因而失去了長久主宰的地位，文字也宛如四月天無數離莖的蒲公英，於「微軟」無垠的電子天空中漂浮、流浪。

三、　蟲蟲轉機

亞當、夏娃以降，人類及其文明的每次危機都伴隨著新的轉機，上帝在創世紀後，似乎一直以其神秘無形的雙手，

使世界在前進中維持著某種「正、反、合」的辯證平衡。蟲蟲世界（書市）的當代危機也自有其轉機。首先，誠如本書作者所言：「無疑的，新科技的發明將會打破既定的生態平衡，使成本結構和市場必須重新調整，譬如有朝一日當電子書出版果真大行其道時，傳統書籍的價值可能將比目前高出許多，但『書』的市場仍舊不會消失，因為它有其他媒體無法取代的優勢，使其生命具有強烈的韌性，能夠與時俱進。」簡言之，蟲蟲世界的電子化雖然是無法遏止的大趨勢，但此一趨勢並沒有「滅絕」舊的書市，反之，卻促使它更「多元化」，更具生命的張力—電子書提供當代讀者是另一種選擇（alternative）而非新的標準（new standard）。

　　　另一項「合」的辯證轉機是「大獎文化」及「評論文化」的興起與盛行。蟲蟲危機可被視為後現代「去中心」的後遺症之一；對「人」而言，知識典範的去中心及內容的激增（外爆）總使我們茫然於「弱水三千」的書海中，不知該取哪「一瓢」來飲，或憂心是否有足夠的精力與時間跟上湍急的知識之洋。而文字意義失去其原有共用的經緯度（內爆）後，使我們在閱讀時常有「不知所云」的困擾。職是，文學、電影、媒體、音樂、科學、及建築等各知識及文化領域興起的「大獎文化」及「評論文化」，雖然有其弊端（如「政治正確性」及「知識商業化」），然，卻使我們不至陷入太「後現代」的蟲蟲世界，而能在「去中心」後的語言銀河中認出屬於自己情境的星座。

四、 蟲蟲新世界

　　《英倫蛀書蟲》一書應置於上述化危機為轉機的蟲蟲情境與努力來引介。在當今文學大航海年代，台灣讀者渴望拉響心靈汽笛、盤起認同錨鏈，航離島嶼封閉的疆域，駛向國際英文文學新世界時，此書提供一張最新版的航海圖。其主題新穎（評介一九九九至二〇〇三年之間英文文學界的最新蟲蟲動態）、內容豐富（二十九篇各類的評論），視角多元（「大獎與趨勢」、「作家與作品」及「書香與書潮」）。每篇評論均為作者採光攝影，含英咀華之作，在相互激盪輝映中，又具有其自主的完整性，可不必依序而隨興捧讀。本書的蛀（著）書蟲（蔡明燁）是筆者在英國諾丁罕大學攻讀批判理論碩博士時，有緣認識的好友，學貫中西，博學多聞，屬於「陽光」型及「高戰鬥力」型的學者與文化工作者，擁有在此領域的嫻熟、自信與大航海家般尋夢的熱血、探險的精神、遠眺的眼神、敏銳的觸覺、犀利的觀察、獨特的剖析、專業的判斷，以簡潔流暢的洗鍊文筆，旁徵博引的華麗複眼，捕捉英倫書海最新動態，舖陳複雜多變的文學新世界，分析褒貶中都自有一番情理與洞見。如此頁頁蟲蟲蹤跡，於斯足見，帶引我們高飛遠舉，馳騁想像，乘風破浪於你我眼前不斷開展的英文文學新世界。

賴俊雄

二〇〇三年秋

于台南成功大學

自　序

　　自從《英倫書房》（台北：生智，2001）問世以後，我受到了不少鼓勵，並因之結識了幾位要好的新朋友，使寫作生涯頓時不再顯得太寂寞，反倒很有一種「德不孤，必有鄰」的喜悅與滿足，也因此幾年來我一直有意出本續集，而《英倫蛀書蟲》便是這個心願的實現。

　　由於不曾受過文學評論的正統訓練，我從來不敢以專家自許，只是寫了幾年的書評之後，我終於也產生了一些自己的心得。我認為評論家的職責——無論是書評、影評、劇評、藝評或電視評論等，都不在企圖報出某種「文化明牌」，彷彿投注店裡散播小道消息的人似的，意在預測那本書會暢銷、那部電影好看、那齣戲會提早關門、那項藝術作品不值一顧，或者那個節目會造成轟動……之類，而是在於提供個人的閱後（或觀後）見解、析論與評價。

　　評論人的觀點，無非源生於自我的經驗和體會，但這並不是說我完全接受了後現代的思維，認為既然所有的經驗都是相對的，因此所有的意見也便都具有同等的份量。事實上，某些評論人硬是比其他同行更好、更具說服力，而追根結柢，通常來自於他們的一致性，使讀者可以從他們的評論中理出他們對生命一貫的態度，以及看世界的方法；你不見得要事事同意，可是因為他們已為你開啟了另一道檢視心靈的門窗，你卻可以了解為什麼他們做出了如此推論。

舉例來說，英國的電視文化評論人當中，我最喜歡吉爾（A. A. Gill），雖然我泰半不能苟同他對某些節目的觀點，但是他對媚俗文化的痛恨是那麼幽默、鮮明地躍然紙上，我不得不尊重他的堅守原則，並對他的專欄愛不釋手；影評人的圈子裡，我最欣賞諾曼（Barry Norman），他對電影的熱愛可以使你隔著電視銀幕或報章雜誌感受到溫度，同時隨著他客觀、中肯的侃侃而談，你經常錯以為已經看過了還沒看過的電影，或者很想重看已經看過的片子；至於書評人和文評家方面，對文學顯然上癮的拜雅特（A. S. Byatt）堪稱一絕，雖然大多數的讀者可能對她愛書成癖的旁徵博引毫無概念，卻總忍不住會對她豐富的內涵發出衷心的讚賞。

　　談到這裡，我的念頭突然轉到了十九世紀末期，那群對「印象主義（Impressionism）」作品嗤之以鼻的藝術評論人身上。當然，如今已經沒有人記得評論家發明「印象派」這個名詞時的貶損之意，那群印象派畫家們一個個成為了舉世公認的藝術大師，而那批嘲笑過他們的評論家，到頭來只能悔恨自己犯下了絕大的錯誤！可是我們應該就此認為那些藝評家全都要為自己的學藝不精、眼光過低而羞憤交加嗎？絕不盡然。評論家並非「先知」，他們的判斷自然會受到個人背景的影響和時代的侷限，毋須為「報錯明牌」而感到無地自容，同時他們也有權不喜歡被評論的作品；不過，如果印象派畫家的奮鬥史能使評論界學習到什麼的話，我想評論專家或許都應該學得謙卑一點。正如宮布利希教授（E. H. Gombrich）在《藝術的故事》（*The Story of Art*）書中所說的：「印象主義之凱旋……，（使）評論界因此蒙受一種再

也恢復不了的特權……。」這也就是說，失去了特權的後世評論家不謙卑一點也不行了！這倒也不是壞事。

言歸正傳，我發現一篇評論的價值與好壞，或許和被評的事物不無關聯，但更重要的，畢竟還是得看評論人的功力！而所謂的「功力」，絕不僅止於「寫作技巧」和「專業知識」而已，更融合了評論家個人的生活經歷、思考邏輯、價值標準、處世風格……等諸多元素。換句話說，兜了一圈，我們終歸不得不回到「評論人」的本身。

記得剛開始寫書評時，我曾經很努力地想把自己隱去，總覺得非得這樣才夠得上「專業」和「客觀」。不過近兩年來我卻逐漸了悟，不管再怎麼刻意，其實這個爬著格子的「自己」，是無論如何也藏不住的，而且越是有心藏頭露尾，文章和報導反而也越顯得公式化，讀起來不免味同嚼蠟！

這倒不是說我認為評論人應該厚顏地跳到舞台前，從此把自己視為談論的焦點。不過當我慢慢學會擺脫自我設限的束縛，在必要時坦承是由「我」的經驗而引發了某種獨特的體會與心情時，我發覺在自己和作家、作品雙向溝通的渠道上，無形中似乎也多開了一道可以讓其他讀者加入的閘口，從而變成了多面向的交流，平添了幾許溫馨的情趣！回想當初海蓮・漢芙（Helene Hanff）談書的信箋，如果全是缺乏「人」味的引經據典，大概是激不起倫敦馬克與柯恩書店（Marks & Co）全體職員的偌大興趣，進而使雙方基於對書籍的共同愛好，建立起長達二十年的魚雁往返，終致讓新一代的愛書人得能在《查令十字路84號》（84, Charing Cross Road）

的經典作品裡，分享他們雋永的智慧與誠摯的情誼吧？

　　因此我決定將本書命名為《英倫蛀書蟲》── 沒有了書，這條蟲便頓失依靠，所以「書」仍然是真正的主旨；但是如果打開書扉逐頁細翻的話，則不僅蛀書蟲的爬行痕跡歷歷在目，有時候連蛀書蟲本身竟也是無所遁形的呢！

　　　　　　　　　　　　　　　　　蔡明燁

　　　　　　　　　　　　　　　　二○○三年秋

　　　　　　　　　　　　　　　　于英國諾丁罕

謝誌

　　這是我的第九本書，而回顧過去每部作品的付梓，無論書寫過程再怎麼平順，幾乎同時也都會伴隨著某種家庭史的重大變化。面對著親人們的生、老、病、死，我終於在生命的循環中體會到了人世的無常，也感受到了自身的渺小，從而了解，人生在世，真是必須好好兒活在當下，把握眼前的每一刻，並為所擁有的一切而惜福、感恩。

　　錢鍾書在《圍城》的序文裡曾說：「獻書……只是語言幻成的空花泡影，名說交付出去，其實……作品總（還）是作者自己的。大不了一本書，還不值得這樣精巧地不老實。」我自忖這話很有道理，因此獻書固然是不必了，必須感謝的人卻還是不能不提：由於林新倫副總經理與揚（生）智出版社多位同仁的努力，這本書才能夠順利出爐；《中國時報》的李金蓮主編、《全國新書資訊月刊》的曾堃賢先生與丁蘊玲小姐長久以來惠我良多；賴俊雄博士的撰文令本書增光不少；媽媽和公公、婆婆的溫情支援，滋潤了我心靈的土壤；最後我更要感謝外子格雷，因為他，我的生活才能如此快樂、豐富、美好。

輯 一

大獎與趨勢

一九九五年布克獎頒獎記者會
蔡明燁攝影，1995，倫敦

書香英倫

不列顛可否稱得上是個書香社會、文化大國？

這個問題恐怕見仁見智。持反對意見者，或許馬上會指出英國民眾的識字率在西歐國家中算是偏低的，同時不僅閱報（尤其是質報）的人口不斷持續下降，各種有關「出版末日」的預言，也經常在輿論界造成某種程度的恐慌！至於持正面看法者，則可能會以一般日常生活中的觀察來加以駁斥，例如，在擁擠的倫敦地鐵中，放眼望去總是見到一個個看書看報的人頭；走進各大書店，經常是高朋滿座；再看各式各樣的書展、讀書會、文學獎和文學節（Literary Festivals）等，更可以說是琳瑯滿目、應有盡有……。

換句話說，當我們心中存有某種定見時，我們幾乎也定能在現代社會中找到合適的現象做為印證。因此對於上述的問題，我個人的觀點雖然偏向後者，但若要以英國做為國內打造書香社會的學習對象，我卻不敢過於肯定，畢竟在這個傳播科技日新月異兼資訊大爆炸的時代，英國其實和台灣一樣，對於「培養讀書風氣」一事，面臨著諸多困惑與艱難的挑戰。

閱讀VS.新科技

　　不過我認為英國的經驗還是有其參考價值，首先值得一提的，是對「閱讀」概念的反思：資訊科技的革命性發展，已使字典、百科全書逐漸走向數位化，同時各大報也紛紛投注心力於電子報市場的開疆拓土，因此許多傳統出版業者憂心忡忡，悲觀者甚至認為閱讀活動的急遽萎縮，使得十六世紀以降的出版業，在未來幾年間便將宣告終結！

　　然而實情並非如此，正如《觀察者報》（*The Observer*）的文學編輯麥克蘭姆（Robert McCrum）說得好：如果資訊科技的發展史能使我們學到一件事，那就是新的發明並不會「取代」舊的媒體，而是「相輔相成」，所以印刷技術並未取代紙和筆，電視也並未取代電影和收音機，同樣的，電腦也將是一個額外的傳播工具，而非愛書人的仇敵。

　　無疑的，新科技的發明將會打破既定的生態平衡，使成本結構和市場定位必須重新調整，譬如有朝一日當電子出版果真大行其道時，傳統書籍的價位可能將比目前高出許多，但「書」的市場仍舊不會消失，因為它有其他媒體無法取代的優勢，使其生命具有強烈的韌性，能夠與時俱進。

　　以目前的情況來看，雖然電子出版的紀元已經降臨，但電子書真要成為暢銷書，卻可能仍有相當長的一段路要走，舉例而言，超級作家史蒂芬‧金（Stephen King）和佛賽思（Frederick Forsyth）都曾嘗試在網路上出書，卻雙雙慘遭敗北；又例如每個人都可以在網路上免費下載週日報紙《觀察

者報》，但是每個星期天，卻還是有將近五十萬的人口寧可掏腰包買報，可見傳統的書籍和報紙有其獨特的魅力，是其他的閱讀型式不及之處。

　　更重要的是，出版事業與人類創作和溝通的需求盤根錯節，雖然商業運作已成為其中不可忽略的環節，但追根究底，一部作品的完成（無論結構和品質的好壞），都是根源於自我表達的強烈渴望！也因此將來這種「表達」究竟是透過電子媒介或印刷產品，應該不是問題的重心，更不應被視為「閱讀」活動退化的證據，因為此一看法之所以形成，是將焦點放在閱讀的「型式」所致，但真正值得我們關心的，畢竟應該是「內容」本身。

多面向的全民參與

　　於是在建立了對「閱讀」的新共識之後，我想英國在推廣全民閱讀方面的努力，第二個值得借鏡之處，便是社會各界「廣泛、長期性的參與」，而非僅只仰賴文化界和教育界的單向貢獻。

　　以國內所熟悉的幾個大型英國文學獎為例，一九六八年創辦「布克獎（Booker Prize）」的布克公司是食品商，從二〇〇二年起，開始由國際投資企業曼集團（Man Group）負責贊助，更名為「曼布克獎（Man Booker Prize）」，用心鼓勵小說創作；一九七一年成立「惠特比文學獎（Whitbread Book

Awards）」的惠特比公司，是一個娛樂事業機構，目前的獎項共分「小說（Novel）」、「首部小說（Debut Novel）」、「詩集（Poetry）」、「傳記（Biography）」、「兒童文學（Children's Literature）」，以及「年度代表作（Book of the Year）」等六大類；至於一九九二年挺身支持「柑橘小說獎（Orange Prize for Fiction）」的柑橘公司，則是電信通訊企業，本獎專門針對女作家的小說作品。

除此之外，各式各樣由報紙媒體、平面雜誌、出版界、基金會所主辦分別以新詩、科普、學術性著作見長的大小獎項，各縣市政府、連鎖書店或私人團體舉行有關閱讀活動的排行榜、民意調查、書展、文學節和文藝營，以及爲了配合聯合國教科文組織（United Nations Education, Science and Culture Organization，簡稱UNESCO）的「世界書香日（The World Book Day）」，全國各地的中小學、圖書館、教育機構、文化組織、企業界等自行發起的上百種活動等，自更是五花八門。

其次，如果我們更進一步觀察每個文學獎或閱讀活動的運作過程，多半也將發現整個獎項或活動所牽涉的層面之廣，絕非僅限於主辦單位、出版社和作家間的狹隘互動。

以二○○二年「曼布克獎」的情況爲例：評審團的入圍名單公佈之後，各大書店便開始加快腳步進貨，好讓讀者有機會一一瀏覽，並使各種環繞入圍名單而興起的讀書會、紙上讀書俱樂部等，得以趁機紛紛組成。各大媒體——包括報紙、雜誌、電視、廣播在內——不僅針對本獎做報導，也陸

續刊登各種與獎項和作品相關的評論，至於負責轉播頒獎晚會的英國廣播協會（British Broadcasting Corporation，簡稱BBC），更特別開闢了電腦網站，使一般讀者能有機會對各部作品暢所欲言。主辦單位在正式推動的評審過程之外，還同步舉行了一個「民選布克獎（People's Booker Prize）」的票選活動，以便刺激讀者更積極的參與，並在評審團所決定的最後揭曉隔天公佈。更有趣的是，各個大型投注店也會接受有關布克獎的賭注，以便凡是有興趣的市井小民，人人都可以試試自己選書的運氣和判斷的眼光，與專家一較長短。

再以二○○三年的英國「世界書香日」為例：和往年一樣，每個參與的機關團體早在年初即紛紛展開各種相關活動，而到了書香日*當天，全英國的每個學童都能收到一英鎊或等值歐元（約合新台幣五十元左右）的購書券，儘管面值不高，但是鼓勵小朋友多買好書的用心毋寧相當深遠。

此外，這一年的英國書香日還有一個重要特色，亦即首次針對不列顛四大民族——英格蘭、蘇格蘭、威爾斯及北愛爾蘭——的成人讀者，調查並反映其閱讀品味。主辦單位向四千多名書店顧客、圖書館讀者及電腦網友進行問卷調查，並於二月間公佈了入圍名單，供社會大眾做最後的評定，而經過沸沸湯湯的全國票選之後，書香日這一天所宣佈的結果又掀起了另一波高潮：美國遊記作家布萊森（Bill Bryson）的《哈！小不列顛》（*Notes from a Small Island*）打敗了歐威爾（George Orwell）的經典名著《一九八四》（*Nineteen Eighty-Four*），被選為最能代表英格蘭的作品。本書是布萊森的旅英經驗談，對英國人、事、物、地荒謬的一面做出了生動的觀

察和活潑的描繪，引得書迷們一個個捧腹大笑不已！或許正是基於「旁觀者清」的道理吧，英格蘭的讀者顯然已將這位美國作家當成他們最大的知音。

　　其他三個民族所選出的作品，都是當地作家的心血結晶，同時非常巧合的，全都是首部小說：蘇格蘭方面，曾經轟動一時的《猜火車》（*Trainspotting*），被迪倫（Des Dillon）的《我和我馬子》（*Me and Ma Gal*）所超越，顯示了「長江後浪推前浪，江山代有才人出」！本書充滿了兒時的天真、諧趣和年少輕狂，很有馬克‧吐溫（Mark Twain）《頑童歷險記》（*The Adventures of Huckleberry Finn*）的味道；威爾斯讀者選出的代表作是戴維斯（Lewis Davies）的《工作、性與橄欖球》（*Work, Sex and Rugby*），將他對酒吧、床第和球場的熱愛化為書中人物四天的經歷，從而赤裸裸呈現了作者對生活的激情；至於最受北愛爾蘭讀者垂青的作品，則是劇作家馬凱尼（Annie McCartney）的處女小說《慾望線》（*Desire Lines*），本書秉承她一貫的風格，以誠實的筆觸探討社會議題，和前述三本極具喜感的書籍相較起來，無疑是所有代表作品中最「嚴肅」的一部。

媒體環境

　　「曼布克獎」坦承其主要動機在提高出版市場的銷售成績，「世界書香日」的籌辦主旨則在恆久培養閱讀文化，但無論是要長期提振買書風氣，或是要廣泛提倡閱讀、寫作、

書香所帶來的無窮樂趣，光是靠主辦單位一年一度的聲嘶力竭，顯然不可能收到具體的功效，而必須在社會各階層喚起廣大的迴響，才有可能年復一年地累積成果，越來越有聲有色！

那麼，「曼布克獎」、「世界書香日」以及其他形形色色的閱讀運動等，究竟是如何激起英國社會大眾的響應呢？除了主辦單位豐富的專業經驗之外，我想，「媒體的配合」應是第三個重要的參考座標。

整體說來，英國的大眾媒體對文化、藝術、出版都有相當的承諾，例如，每份週六和週日出刊的報紙，幾乎一定都有專門的藝文版，刊登對出版現象的觀察、對新書與作家的評介。某些報紙給予的篇幅較短，可能只有一、兩版，但不少報紙卻會每週出版長達數十頁的固定專刊，精采的內容不下一份專業的藝文雜誌！可見即使是在沒有文學獎或大型活動造勢的平常日子裡，兼具深度和廣度的出版書訊依舊俯拾即是，於是對文化、創作、藝文活動的關心，可以說已在不知不覺間成為市民社會日常生活中的一環。

而且這種情況並不止於報紙，以一般性雜誌為例，同樣隨處可見作家專訪和深度書評，尤其「紙上讀書會」的這類設計，更是女性月刊的最愛，由編輯群挑選一部新書做為當月的讀書會主題，並在下一期的雜誌裡刊登讀者的閱書心得。至於廣播電視方面，BBC2每週五播出的「深夜評論」（Late Review）節目，邀請專家針對備受矚目的電影、戲劇、畫展、新書等，在攝影棚內展開三十分鐘的唇槍舌戰；獨立

電視台（Independent Television，簡稱ITV）的「南岸之秀」（South Bank Show）長達一個半小時，以作家、作品、藝文人士及活動為節目的重點；此外我們也不能不提各廣播電台與電視台所不定期製播的相關紀錄片，以及由文學作品改編而來的戲劇節目等，對於長期保持、甚或提高一般大眾對閱讀的興趣，皆可謂功不可沒。

更引人注目的是，像《倫敦書評》雙月刊（*London Review of Books*）這麼一份以評論文學、政治性書籍為訴求的嚴肅刊物，在強大的媒體和市場行銷策略下，自一九九八年至二〇〇三年間的讀者數量竟已由七千五百人快速增至四萬兩千人，從而激發了專門為「知識分子」開家書店的構想，導致了獨立經營的「倫敦評論書店（London Review Bookshop）」隆重開幕。

《倫敦書評》出版人史拜斯（Nicholas Spice）認為，該雜誌的銷售業績，顯示了對智性出版品的市場需求，同時他發現這群讀者也呈現了幾個和一般大眾有所差異的特質，例如，他們的品味很少受到各種暢銷書排行榜的左右，因此對他們來說，有關《尤里西斯》（*Ulyses*）的諸般解析，可能永遠都比帕爾森（Tony Parsons）大受歡迎的暢銷小說，或者任何名廚的食譜更加有趣！尤其重要的是，這群人的購書胃口奇大，平均一年買上五十本書左右，可見商機無窮。

認準了此一市場的開發潛力，史拜斯和曾在「水中石（Waterstone's）」連鎖書店工作的史帝威（Andrew Stilwell）攜手合作，終於在二〇〇三年五月一日正式成立了「倫敦評論

書店」。他們指出，此一書店的服務對象，主要是閱讀品味相當個人化的精英型讀者，因此他們必須揚棄傳統大批訂書的方式，每一本書的庫存都將只有少數幾本，而且店裡也不會販賣咖啡、食品或雜誌，因為書本才是唯一的焦點。

那麼，這家店裡所賣的又都是些什麼書呢？

正如史帝威在書店的開幕晚宴中所表示的，藉著他們所「有的」和「沒有的」，同時展現了「倫敦評論書店」的性格。舉例來說，這家店裡設有四十櫃的哲學書籍、四十八櫃的批判理論，以及相當可觀的詩，相較之下，傳記的份量反而不是太顯著，而且在這裡沒有歌星羅比‧威廉斯（Robbie Williams）熱賣中的《某人某日》（Somebody Someday），倒是會有黑人精神科醫生兼作家芳南（Fritz Fanon）和女攝影家莫多堤（Tina Modotti）的生平；此外，在這裡找不到一般書店隨處可見的園藝專櫃，但是卻能找到有關蘭花培植的研究心得；店裡不賣童書，卻會有暢談兒童文學史的專著；店裡不賣食譜，可是會有形形色色關於美食的寫作；沒有教你如何自救（Self-help）的書，可是卻有不少對心理學和認知科學的介紹！

在波濤洶湧的市場環境裡，「倫敦評論書店」的經營策略是否能夠出奇制勝，固然令各界愛書人拭目以待，但此舉證明了英國媒體、知識文化界和書店業之間的綿密互動，或許更是值得我們關注的焦點。畢竟，當國內風起雲湧推行「全民閱讀運動」之際，最難克服的毋寧是「閱讀運動」本身的致命傷——既然名之為「運動」，自然是個有「始」有「終」

的過程，但無論運動期間如何高潮迭起，更重要的卻是在運動結束之後，成效的後繼與持續問題。如何透過社會各階層的廣泛合作以及大眾媒體的長期投注，使「閱讀」成為大眾「日常生活」中的一部份，應該是英國經驗所能為我們提供最寶貴的課程。

---

* 聯合國教科文組織將莎士比亞（William Shakespeare）的生日─四月二十三日─訂為「世界書香日」，但二○○三年的英國書香日則選在三月六日─聖喬治節（St. George's Day）─舉行，主辦單位表示，根據八十多年來的傳統，這一天本應致贈玫瑰花和書本給心愛的人，因此他們認為在聖喬治節推動書香日高潮，簡直再恰當不過！

惠特比一九九九

　　自從開始固定為國內媒體報導英國書訊以來，我的生活除了一般常用的月曆和日曆之外，無形中也多出了一個新的時間表：年初是「惠特比文學獎」；晚春到初夏時節是「柑橘小說獎」；秋、冬之交「布克獎」，另外還有各種較小的獎項、書展、不定期或間隔較長的活動分布其間，使一年的輪替變得格外分明。

　　文學獎的報導寫多了之後，有時候我不免也會杞人憂天，懷疑主辦單位到底要如何施展神通，一方面和其他的文學大獎做區隔，一方面長期維持獎項的魅力，並且年復一年激發讀者與媒體的高度興趣？幸而這些文學獎的主辦單位不但經驗豐富，同時每年也都持續使出了渾身解數，於是能夠一次又一次地精彩登場！不過我私下總認為，由於文學獎真正的焦點是作家和作品，因此唯有當英國文壇活力充沛，得以繼續不斷交出令人振奮的成績單時，這些文學大獎才能長期吸引愛書人眷戀的目光。

　　一九九九年的「惠特比文學獎」和往年一樣在年初隆重登場，先以四個不同的評審小組，分別在「小說」、「首部小說」、「傳記」與「詩集」等四大類別中，各自圈選出一九九八年的類別性佳作，然後再於四部得獎巨著裡推舉出最後的「年度代表作」。

　　這一年的「小說獎」，由喬斯汀・卡萊特（Justin Cartwright）以高中同學會做主軸的《領導啦啦隊》（*Leading*

喬斯汀‧卡萊特（圖左）
與本書作者合影
鄧卓攝影，1995，倫敦

the Cheers）稱王，透過對個人過往經歷的重新追尋，處理有
關自我定位、身分認同乃至國家認同的問題；「首部小說獎」
方面，由喬爾斯‧佛登（Giles Foden）的黑色喜劇《蘇格蘭
最後的國王》（*The Last King of Scotland*）奪魁，藉由一名從
蘇格蘭到烏干達定居的軍醫之手，描寫獨裁領袖阿敏的故
事，優遊於現實和虛構的世界中，徘徊於政治壓迫和道德情
操的天人交戰裡；至於「傳記獎」方面，則由亞曼達‧佛爾
曼（Amanda Foreman）極富現代感的《喬治亞娜‧達文夏公
爵夫人》（*Georgiana: Duchess of Devonshire*）封后，描述生長
於十八世紀的喬治亞娜如何嫁進貴族門第，如何憑藉個人的
魅力成為當時政壇的斡旋者、帶動時裝流行的先驅、報紙媒
體的寵兒，以及英國市井小民最感興趣的公眾人物，細心的
讀者在字裡行間自不免發現喬治亞娜和黛安娜王妃的相似之
處，不過作者的筆觸細膩而巧妙，並不刻意在兩人間做過多
的比較，終於使今天已鮮為人知的喬治亞娜，能夠在書中栩
栩如生地幻化為獨立的個體。

不過整個惠特比一九九九的決選過程中，無疑還是以「詩集獎」最受矚目，因為得獎者是英國天才詩人泰德‧修斯（Ted Hughes），以震動大西洋兩岸的《生日信札》（*Birthday Letters*），首先擊敗了年輕詩人法利（Paul Farley）兼具嚴肅和喜感的《藥店的男孩來看你》（*The Boy From the Chemist is Here to See You*），以及葛羅斯（Philip Gross）充滿父愛的作品《浪費遊戲》（*The Wasting Game*），摘下「詩集獎」得主的桂冠，接著並在四大類別中亮麗出線，成為惠特比評審團所欽點的一九九八年度代表作。

然而修斯並未真正「參與」這一場惠特比的盛宴，因為這位英格蘭最耀眼的詩人，已在一九九八年十月二十九日死於癌症，享年六十八歲，也所以一九九九年的惠特比文學獎之所以沸沸湯湯，與其說是主辦單位的努力造勢，倒不如說是拜優秀的入圍作品，特別是《生日信札》之賜，或者也可以說是沾了修斯的光。

修斯堪稱英國詩壇的奇葩，一九五六年與美國女詩人普拉絲（Sylvia Plath）在劍橋相識、相戀，一時傳為大西洋兩岸文學界的佳話，而自從他的第一本詩集《雨中之鷹》（*The Hawk in the Rain*）於一九五七年在紐約獲得出版首獎以來，修斯的文學之旅更是一帆風順！不過後來他與普拉絲的離異，導致了女作家選擇自殺一途，卻使修斯的聲譽一落千

丈，三十年來始終背負著負心的罪名。

　　打從一九九七年底開始，修斯突然間又數次成爲文學圈中的頭條新聞：他的力作《來自奧維德的故事：脫胎於「變形」的二十四個段落》（*Tales from Ovid: Twenty-four Passages from the Metamorphoses*），被裁定爲一九九八年惠特比文學獎最佳詩集獎的得主，從而引發了翻譯與創作之間界線的爭議，孰料在爭論尚未平息之際，本書便又獲頒該獎一九九七年度代表作的殊榮*！同時修斯本人也在此時打破了三十年的沉默，以《生日信札》一書公開了與普拉絲戀情的始末，無論是在專家或一般讀者間，都造成了極大的轟動，使得本書竟能以詩集的面貌，在短期間內即迅速攀升暢銷書排行榜的寶座。

　　《生日信札》所帶來的迴響猶在耳畔，修斯卻已撒手人寰，自然在讀者心目中激起了另一波震撼，同時詩人在生前、死後創下了由同一位作家連續兩年奪得惠特比年度代表作的紀錄，更增添了令人驚艷復哀悼的色彩，而在一九九九年惠特比的頒獎典禮上，修斯之女代父受獎，發表了至情至性的演說，也成爲近年來各大文學獎現場最感人的一幕。

　　惠特比一九九九爲修斯的文學生命劃下了輝煌的句點，並爲二十世紀的英國文壇寫下了絢麗的篇章，而修斯的謝世固然是英語詩壇莫大的損失，但他豐富的文學遺產，相信將是世人永遠的心靈饗宴。

*有關《來自奧維德的故事》所引發的爭議，請參閱拙作《英倫書房》（台北：生智，2001）所收錄〈惠特比文學獎〉一文。

傳記文學的新趨勢

記得小時候，媽媽特別喜歡叫我看名人傳記，但是看來看去，總覺得那些歌功頌德的文字千篇一律，枯燥極了！誰知道多年之後旅居英國，赫然發現傳記文學竟是如此豐富的一個領域，可以帶你穿越時空、見證歷史，也可以使你進到另一個靈魂深處，體驗另一種酸甜苦辣。難怪長久以來，傳記作品在英國市場廣受歡迎，而從「惠特比文學獎」一九九八年和一九九九年的傳記作品分析起來，英國的傳記文學體例，似乎也正逐漸顯現出一種改變的趨勢。

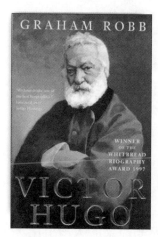

一九九八年惠特比傳記獎得主為葛雷姆・羅伯（Graham Robb）的《雨果傳》（*Victor Hugo*），書中把一個精力旺盛、對政治高度關注、文學創作活力驚人，同時對性需索無度的一代巨擘，栩栩如生地帶到今日讀者的眼前。

在題材的選擇上，正如羅伯所指出的：瞭解了雨果，就瞭解了十九世紀的歐洲，特別是法國。換句話說，維克多・雨果稱得上是十九世紀法國社會的代言人，具有重量級的地位，於是在整部傳記之中，我們也確實發現了在十九世紀法國歷史的關鍵性時刻，雨果不僅幾乎都有介入，並且經常都是直接的介入！而在對這些政治活動積極投入所造

成的結果當中，最著名的自然是雨果在第二帝國（Second Empire）期間所遭到被放逐的命運，以及在一八七〇年時，被廣大群眾英雄般迎回巴黎的凱旋歸來。

但雨果並不只是一位政治家，事實上對全球讀者來說，他主要是以文學成就而永垂不朽，而從雨果豐富的著作之中，我們也一再窺視了當時法國社會、政治、經濟與人情的概況。他顯然是屬於天才型的作家，從羅伯的撰述裡，我們可發現雨果簡直毫不費吹灰之力，便能在戲劇、小說、韻文詩、評論性文字……等不同文學體例間悠遊縱橫。此外雨果的性格也有許多自我衝突的特質，例如他的縱慾過度，使他成為一個不忠實的丈夫和情人，但他同時又對精神、靈性方面的追求特別積極；他具有政治上的遠見，窮其一生致力於解除死刑、呼籲歐洲聯邦的建立，可是他的政治思想卻又極不一貫，先是堅持正統主義（Legitimism），後改擁自由主義（Liberalism），接著又倡議共和社會主義（Republican Socialism）；而在他的一生當中，他所受讚譽之盛和所受詆毀之深，也形成兩個極端，可以說更增添了這一種矛盾的色彩。

在寫作的技巧上，羅伯採取的是以治學的態度做研究，以優美但厚重的筆法做敘述的方式。他在觸及雨果的小說作品時，刻意避免了其它傳記家習以為常對原文的大段引用，僅試圖勾勒出故事核心和人物性格，然後提供嚴謹的評介與分析，行文風格頗有雨果的味道，難怪牛津大學法國文學教授理查・派瑞胥（Richard Parish）要提出一個有趣的質疑：傳記家到爐火純青的地步時，是不是會跟他作傳的對象越來

越相像呢？

關於這個問題，在一九九九年惠特比傳記獎的入圍作品中，則有了更深刻的呈現。

這一年的得獎作品為亞曼達‧佛爾曼的《喬治亞娜：達文夏公爵夫人》*。作者在引言裡面，開宗明義地指出了傳記家往往會在不自覺間和作傳的對象「墜入情網」，雖然她認識到這種自我投射跟認同的情結，很可能將造成傳記家過於主觀的困擾，但佛爾曼同時也發現，此一情結卻也是能使傳記作品活潑生動、充滿感情的重要動力。

在題裁的選擇性上，喬治亞娜固然沒有雨果的份量，和同年得獎呼聲最高的《希特勒傳》（Hitler, 1889-1936: Hubris）相較起來，也簡直不可同日而語。然而，《希特勒傳》雖然跟《雨果傳》一樣堅守傳統傳記客觀、嚴謹的寫作路線，卻終於在輕巧、靈活、情感豐沛的《喬治亞娜》石榴群下俯首稱臣，由此可見新世代傳記寫法魅力之一斑了！

喬治亞娜生活於十八世紀的英國，十六歲時嫁進了貴族之家，在毫無準備的情況下成為公眾人物。她的美貌和大方，使當時的人們都以為她是天生的媒體寵兒，活在聚光燈下簡直有如她的第二天性，但事實上她的婚姻生活並不美

滿，同時公眾生活帶給她無與倫比的心理壓力，只有極少數
與她親近的朋友，才知道她內心的寂寞和不安全感，而也正
是這層不為人知的痛苦，以及對被愛的渴望，導致了她對賭
博的耽溺與厭食的問題。佛爾曼表示，一般認為喬治亞娜一
生最大的成就，是在公眾生活方面的建樹，例如，她憑著個
人的魅力，竟能在維多利亞時代女性角色承受諸多束縛的情
況下脫穎而出，成為當時政壇的斡旋者，以及帶動時裝流行
的先驅，她並且熟知如何運用當時新興的報業，成為第一位
傳播媒體界的名人！不過就作者的眼光來看，她認為喬治亞
娜終於戰勝了自己的弱點，以驚人的勇氣克服早年積下的惡
習，可以說同樣難能可貴。至於世人僅只注意到她多彩多姿
的私人生活及誹聞，忽略了她在藝術、文學、音樂及科學方
面所展現的才華和造詣，佛爾曼認為則是喬治亞娜個人最大
的悲劇之一。

　　佛爾曼的筆觸細膩而曼妙，但儘管她未曾刻意突顯，細
心的讀者仍不難在喬治亞娜身上找到黛安娜王妃的影子。而
也正因這種心照不宣的今昔對比，許多文評家認為佛爾曼所
提供的歷史素材雖然相當豐富，資料蒐集與研究態度亦極為
認真，可是《喬治亞娜》的故事讀來卻更像「小說」，相較之
下，一九九九年惠特比獎「年度代表作」得主──泰德‧修
斯的詩集《生日信札》，毫無保留地記載了他二十五年生活的
心路歷程，反倒更有「傳記」的味道。於是從這樣的論點延
伸出來，對各類文學體例間的重新定義，以及對「惠特比文
學獎」堅持將文學作品分門別類評比的做法，在今天的文學
環境中是否依然恰當的質疑，乃成為英倫文壇的熱門話題。

　　當然，僅以一個文學獎項兩年之間的變化做歸納，所能
獲得的結論相當有限，也不夠紮實，但是這種充滿了後現代
意味的思考模式，恐怕將是未來各領域所無法忽略的趨勢。

―――――――――――――――――――

　　* 請參閱前文〈惠特比一九九九〉。

九一一書潮VS.布克獎

　　每年秋冬之交總是英語文壇最熱鬧的旺季，不僅許多文學獎項先後選在這個時候揭曉，各大國際書展也紛紛在這段期間舉行，於是配合著聖誕老公公雪橇的鈴聲日響，一步一步把聖誕書市妝點得五彩繽紛，藉機將買書、看書的人潮推上一年來的最高峰！而在其中最搶手的類別，一般說來總是以具有「贈禮價值」的作品為主，例如經典文學、大型文學獎的得獎及入圍小說、高收視率電視系列相關出版物，或者喜劇演員博君一燦的應景小品等。

　　但震驚全球的九一一恐怖事件，卻打亂了二○○一年秋冬時節歐美書市的出版秩序，例如，在十月中旬登場的法蘭克福書展現場，各種探討可蘭經、回教文化、國際恐怖主義、塔利班（Taliban）政權、阿富汗（Afghanistan）、文化戰爭等的書籍，眨眼間突然變得洛陽紙貴；許多早已問世的學術著作，只要能和九一一扯得上一些關係，出版社便以重新包裝的方式趕緊再度打進市場，例如安德森（B. Anderson）探討民族主義和認同問題的《想像的共同體》（*Imagined Communities*），以及杭亭頓（S. Huntington）的《文明的衝突與世界秩序的重建》（*The Clash of Civilizations and the Remaking of the World Order*），忽然雙雙重登美國暢銷書的寶座！事實上，到十一月中旬為止，美國「非小說類」的十大暢銷書排行榜中，至少有六本都是跟戰爭、恐怖主義、九一一行動有關的書籍，包括一本拍攝當天現場的攝影集在內

（*Day of Terror: September 11, 2001*）。尤有甚者，這樣的現象並不限於美國境內，法國、德國、義大利皆是如此，甚至在台灣，形形色色與賓拉登（Osama Bin Laden）相關的翻譯作品，也都以迅雷不及掩耳的速度轟炸國內市場，諸如《賓拉登秘密檔案》、《神學士——歐瑪爾與賓拉登的全球聖戰》、《奧薩瑪‧賓拉登：聖戰英雄？恐怖大亨？》等。

有趣的是，英國出版社雖然也趕搭上了這班全球性的九一一出版列車，但從銷售成績看來，英國讀者截至二〇〇一年底之前，似乎還是認為布克獎小說比「對抗恐怖主義之戰（The War on Terrorism）」更富有吸引力！自從十月十七日深夜頒獎結果公佈以來，彼得‧凱瑞（Peter Carey）的得獎力作《凱利匪幫正史》（*The History of Kelly Gang*），以及麥克伊溫（Ian McEwan）在評審期間呼聲最高的佳篇《贖罪》（*Atonement*），銷路可以說是扶搖直上；相形之下，英國讀者對一窩蜂隨著爆炸事件搶灘的九一一文學，卻顯得相當冷感，其中真正造成熱賣的只有兩本：一本是資深戰地記者約翰‧辛普森（John Simpson）的自傳《瘋狂世界，我的主人》（*A Mad World, My Masters*），另一本則是黛博拉‧艾利斯（Deborah Ellis）所寫的兒童故事《一家之主》（*The Breadwinner*）。

辛普森是英國廣播協會擁有三十年以上經驗的國外特派員，足跡遍及阿富汗、巴格達（Baghdad）、香港、貝爾格勒（Belgrade），凡是「緊張情勢」有提高趨勢的國家或地區，辛普森便是第一個被派往現場的記者；他也曾經訪問過多位西方自由世界的「敵對領導人」，如賓拉登、格達費

（Gadhafi）、海珊（Saddam Hussein）等，因此能夠在作品
中，對過去及現在的衝突事件提供多元化、接近第一手的觀
點。

《瘋狂世界，我的主人》其實是《奇異之地，問題之人》
（*Strange Places, Questionable People*）的續集，《瘋》書以不
同的寫法重複了許多《奇》書已經處理過的內容，其中全然
新鮮的資料僅及一章，因此對早已拜讀過第一集的讀者來
說，續集自不免有點令人失望，那麼為什麼《瘋》書還能夠
造成這樣的轟動呢？原因在美國宣佈對塔利班政權開戰後不
久，西方記者進入阿富汗採訪變得相當困難，但辛普森卻假
扮成一位阿富汗老婦偷渡成功，成為這場戰爭中的傳奇插
曲，從而促銷了恰在此時上市的《瘋狂世界》。

順便值得一提的是，緊跟著辛普森的腳步之後，一位原
先沒沒無聞的「快報集團（Express Newspapers）」女記者依
鳳・雷得利（Yvonne Ridley），也試圖從巴基斯坦邊境偷渡進
入阿富汗，但不幸失敗被捕，所幸在被囚十天之後，塔利班
政權決定免她不死，而將她遣送回英國。雷得利的自傳《在
塔利班手裡》（*In the Hands of the Taliban*）決定趕在同年十二
月問世，很顯然有著打鐵趁熱的味道，那麼本書是否能像
《瘋狂世界》一樣吸引英國閱讀大眾呢？筆者當時預料並不樂
觀，事實也證明果然如此。

至於《一家之主》，則是一個完全不同的故事。作者艾利
斯是一位來自加拿大的心理健康顧問，在巴基斯坦難民營為
婦女及兒童進行心理輔導工作，當她聽到一個令她感動萬分

的真實故事後,她決定把這個事件寫成兒童讀物與世界分享。

故事敘述一位年僅十一歲的阿富汗小女孩巴娃娜(Parvana),她的父親被塔利班當局逮捕入獄,由於塔利班政權嚴禁女人單獨外出,因此巴娃娜全家只好注定挨餓。巴娃娜為了一家人的生計,毅然剪去自己的長髮,假扮成一位小男孩在街上販售物品謀生,也經常為不識字的阿富汗鄉親代筆寫信。巴娃娜的冒險經驗還包括了目睹毆打、血腥衝突,以及偷渡到巴基斯坦參加女性集會等。

某些論者以為,就兒童讀物來說,《一家之主》顯然觸及了太多殘酷的現實,不過誠如作者本人所指出的,兒童對時事及爆發中的爭端,跟成人一樣感到好奇,因此我們不應該把兒童關在象牙塔裡,而要幫助他們了解這個不完美的世界,問題在於「如何引導」的過程。艾利斯以極謹慎的態度處理阿富汗問題及殘酷場景的描寫,書中人物既充滿了勇氣,也充滿了幽默感,以最大的努力平實地追求溫暖、和平的生活,深深引人共鳴。難怪本書平裝版在二〇〇一年十一月甫上市,短短幾個月間的銷售量已突破三萬本,大大超越了出版社原先預期最多可賣兩千本的估計!艾利斯已決心將本書版稅全數捐給一個專為阿富汗女性服務的慈善機構(Women for Women in Afghanistan,網址為www.w4wafghan.ca),無形中更增添了本書的人性色彩。

回顧自九一一以來的相關出版洪流,投機之作比比皆是,但能夠提供深刻反省,或幫助世人瞭解問題核心的好書

卻不多見。紐約因在恐怖攻擊行動中遭受重創，美國民眾為求儘快了解攻擊行動的背後動機，紛紛求助於平時避之唯恐不及的大部頭學術作品，只盼能夠早日將這段夢魘拋在腦後，恢復正常的生活，這樣的心態自可說是人之常情；然而對遠在大西洋彼岸的英國讀者來說，或許正因為「距離」的關係，使他們有「挑選」的餘裕，雖然電腦網路上以九一一事件為主題的學術辯論刀來劍往，好不熱鬧，但在傳統出版市場中，一般讀者似乎並未感到有急著去擁抱抽象理論架構的必要，於是兩地暢銷書排行榜上的差異，也便反映出了這種基本態度上的區別。上述兩本因九一一事件而風行的作品，恐怖事件或許確是促銷的一大助力，但作品本身的親和力及文學價值，卻同樣不容忽視。

不過，九一一書潮雖然在短期間內尚未顛覆英國書市，卻不表示它將沒有造成長程影響的可能。現在問「九一一文學」何時能夠開花結果，或許仍然太早，畢竟文學雖是治療心靈與社會創傷的藥方之一，但文學創作及療傷止痛卻都是漫長的過程，因此第一次世界大戰在一九一八年結束之後，直到一九二九年，才出現了像《西線無戰事》（*All Quiet on the Western Front*）這樣膾炙人口的小說，而芭特‧巴克（Pat Barker）在一九九五年摘下布克獎桂冠的《鬼之路》（*The Ghost Road*），也仍以第一次世界大戰為主題；同樣的，二次大戰結束迄今已逾半世紀，但無數作品皆仍企圖以不同的角度為之做出詮釋，布克獎歷年得主中，更是不乏以此為背景的著作，信手拈來即有一九八六年的《辛德勒方舟》（*Schindler's Ark*）、一九八九年的《長日將盡》（*The Remains of the Day*），以及一九九二年的《英倫情人》（*The English Patient*）等篇章。

值得注意的是，「對抗恐怖主義之戰」和前兩次世界大戰，在本質上有許多不同之處，探討兩次大戰的作者往往是以「真實經驗」的角度出發，但「對抗恐怖主義之戰」對多數人而言，卻都是從媒體上獲得的「虛擬經驗」，因此「九一一文學」未來將會造成怎樣的文學衝擊？又將以怎樣的基調進行心靈重建呢？我們在耐心等待之餘，是否也感到了一絲不安？

童書旋風初探

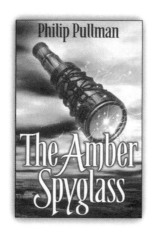

當菲力浦‧普曼（Philip Pullman）以《琥珀小望遠鏡》（*The Amber Spyglass*）一書，在二〇〇二年一月二十二日摘下了第三十屆英國「惠特比文學獎」的「年度代表作」桂冠時，普曼一夜之間創下了重要的里程碑：這是「童書作家」首次獲得重量級文學獎的正面肯定！

一九七一年設立的「惠特比文學獎」，雖然在國際媒體上不如「布克獎」那麼知名，但卻是英國文學界備受矚目的大獎。近來曾獲該獎「年度代表作」殊榮的作家和作品，包括諾貝爾文學獎得主西尼（Seamus Heaney）的詩集《精神層次》（*The Spirit Level*）、阿特金森（Kate Atkinson）的首部小說《博物館幕後》（*Behind the Scenes at the Museum*），以及天才詩人泰德‧修斯的《生日信札》與《來自奧維德的故事》*等。

目前的「惠特比文學獎」共分五個類組：小說、首部小說、詩集、傳記和兒童文學。每年年底，各組獨立的評審團分別提名、篩選出不同類別的得獎者，然後隔年初，再由奪魁作品中選拔、揭曉最後的得主。每個評選小組都有三位評審，但童書評選時，會增加兩位年輕的小評審。二〇〇二年

其他四類獎項的得獎名單分別是：尼特（Patrick Neate）的最佳小說《十二酒吧藍調》（*Twelve Bar Blues*）、史密斯（Sid Smith）的最佳首部小說《像棟房子的東西》（*Something Like a House*）、希爾（Selima Hill）的最佳詩集《班尼》（*Bunny*），以及索哈米（Diana Souhami）的最佳傳記《希爾科克之島》（*Selkirk's Island*）。

　　往年「童書獎」得主並不被列入「年度代表作」的最後競賽，而這個不成文的規定也曾一再遭受質疑，尤其當《哈利波特》（Harry Potter）旋風席捲大西洋兩岸，造成童書和童書作家的身價水漲船高之際，對「童書」一視同仁的呼聲也愈形高亢，終於使普曼獲得了參選的機會，並輕而易舉擊敗其他四位可敬的對手，成為「惠特比文學獎」創獎三十年來，第一位抱走「年度代表作」的童書作家，獨得兩萬五千英鎊的獎金（合約新台幣一百二十五萬元）。事實上，羅琳（J. K. Rowing）曾以《哈利波特（3）：阿茲卡班的逃犯》（Harry Potter and the Prisoner of Azkaban），於一九九九年加入「布克獎」的戰局，普曼的《琥珀小望遠鏡》也曾在二○○一年秋天入圍「布克獎」競選名單，只可惜兩人先後鎩羽，因此短短數月之後，普曼能夠再接再厲，於「惠特比文學獎」中脫穎而出，比羅琳提早一步搶登文學大獎的寶座，對他個人而言可能更是意義非凡！

　　至於文壇對此事的反應，則可謂不一而足。有人以為這是「惠特比文學獎」企圖吸引媒體的目光，刻意標新立異造勢的結果；有人以為「童書作家」能夠得獎，顯然是因為「嚴肅文學」的創作者太弱，反映出「惠特比文學獎」的品質

正有下滑的趨勢；也有人以為普曼之能稱王，不過是目前「童書當道」的發燒效應，隨著《哈利波特》系列小說和電影風靡全球，乃至托爾金（J. R. R. Tolkien）的《魔戒》（*The Lord of the Rings*）以最新的電影面貌造成盛況空前，促使片商和書商將全副注意力放在童書市場，以便發掘新的金礦，於是在大勢所趨之下，普曼變成了新的英雄。

但在上述負面而表象的評價之外，也有兩個正面的觀點正在成形，而這些辯論所觸及的，可以說才是文學創作更重要的核心。

第一個問題是：將文學分成小說、首部小說、傳記、詩集和兒童文學等五大類別，在今天是否仍然恰當？又具有什麼樣的意義？這個問題其實已是老生常談，例如，一九九九年的惠特比獎「年度代表作」光環落在修斯《生日信札》的頭上，但因這本詩集毫無保留地記載了作者二十五年生活的心路歷程，反倒更有「自傳」的色彩，相較起來，佛爾曼在同年度封后的傳記《喬治亞娜》，許多文評家反而認為更有「小說」的味道。於是從這樣的論點延伸出來，對各類文學體例的重新辯證，便一直是英倫文壇的熱門爭議，而國內作者韓少功在《聯合報》（12/4/2003）上發表的〈文體與精神分裂主義〉一文中說：「文體是心智的外化形式，形式是可以反過來制約內容的。當文體不僅僅是一種表達的方便，而成了對意識方式乃至生活方式的逆向規定，到了這一步，寫作者的精神殘疾就可能出現了……。」毋寧是對文體分工到極致時所做的預警。

　　第二個問題是：一般對「兒童文學」的定義是否真的合理？正如普曼所坦承的，他並不是為兒童而創作，他的小說是為所有的愛書人而寫；他認為一個小說家如果設定自己的創作目標只是要寫給「兒童」，不僅是對小讀者的侮辱，也是自毀前程。他指出，兒童讀者和成人讀者唯一的差別，便是小讀者沒有先入為主的成見，很少為了向人炫耀或趕搭流行列車而閱讀，他們通常是為了自娛、啟發、興奮和刺激而讀書，換句話說，他們並未失去閱讀層次上的純真，因此對他們來說，最重要的是作品的可讀性；可惜的是，當成年人的閱讀經驗變得比較世故以後，反而容易忘記閱讀的樂趣，從而陷入出版市場花俏、繁複的行銷迷陣。

　　普曼一向以「說故事」的技巧見長，但故事背後更有深刻的寓意，環繞著生死、愛與信仰的主題，難怪他的小說不僅吸引了無數小讀者，也受到廣大成年讀者的歡迎。《琥珀小望遠鏡》是「黑色素材三部曲（*Black Material's Trilogy*）」的完結篇，其中第一部為《北極光》（*Northern Lights*），第二部為《奇幻神刀》（*The Subtle Knife*），內容敘述孤女里拉（Lyra）準備拯救被「雄火雞」綁架的朋友羅傑（Roger）時，無意間聽到了有關神秘客「灰塵」的談話，於是在救出羅傑之後，里拉也想尋找「灰塵」，途中遇到小男孩威爾（Will）。十二歲的威爾正在尋訪失蹤的父親，但因誤殺了人而遭警方通緝。威爾擁有一把奇幻神刀，可以切開區隔空間的物質，從而進入不同的空間。當里拉遭到綁架之後，威爾為了營救里拉，展開了新的冒險，各種錯綜複雜的線索，都在《琥珀小望遠鏡》當中獲得了解答。

「黑色素材」以亞當和夏娃故事中的善惡、道德及背叛為經緯，探討兩個小孩失去純眞、追求自我成長與知識的過程，顚覆了兒童天眞無知的傳統觀念。「惠特比獎」評審團表示，他們認為普曼在《琥》書中對信仰的論證，比路易士（C. S. Lewis）更強而有力，因此曾擔心本書並不符合「兒童文學」的要求，直到兩位青少年評審消除了他們的疑慮，才以「普曼的世界是如此完整且完美，所涵蓋的天空無限寬廣」為由，讓這部佳評如潮的著作摘下最佳童書獎。但隨後在圈選「年度代表作」的過程中，評審團又曾一度為了把大獎頒給一本童書所可能引發的議論而躊躇，幸而再次想到了路易士對文壇所做的貢獻，終於在短短兩分鐘內，一致通過了讓本書得獎的決定。

綜合上述兩大問題的鋪陳，以及評審團所曾經歷過的兩番掙扎，我們所得到的一個啓示便是：文學的分類充滿偏見，不僅容易對作家，也容易對文評家和愛書人造成不公平且不必要的限制，其中「兒童文學」更是問題最大的一種。放眼歷來成功的小說，我們便會發現，好的「童書」不僅禁得起時代的考驗，也能深深打動各年齡層的讀者！試問《湯姆歷險記》（*The Adventures of Tom Sawyer*）和《苦海孤雛》（*Oliver Twist*）是「童書」嗎？馬克・吐溫與狄更斯（Charles Dickens）的大師級地位已屬公認；《格列佛遊記》（*Gulliver's Travel*）是「童書」嗎？史威夫特（Jonathan Swift）的寫作動機卻是對十八世紀的政治做出強烈諷刺；《魔衣櫥》（*Tales of Narnia*）系列和《愛麗斯夢遊仙境》（*Alice in Wonderland*）是「童書」嗎？路意士及卡洛（Lewis Carroll）

的文學價值亦均無庸置疑。或許挑戰「文學分類」的既定模式，以及我們對「童書」和「童書作家」成俗的窠臼，才是面對這波童書風潮與二○○二年惠特比文學獎最重要的思考面向。

＊ 請參閱本書〈惠特比一九九九〉一文。

都是奧斯汀惹的禍？

　　還記得嗎？大西洋兩岸自一九九〇年代中期刮起了一陣偌大的奧斯汀（Jane Austen）旋風，連續多年以來，由這位英國女作家膾炙人口的小說如《傲慢與偏見》（*Pride and Prejudice*）、《理性與感性》（*Sense and Sensibility*）、《愛瑪》（*Emma*）等作品改編而成的電影、電視風靡全球，多位功力深湛的寫手也紛紛投入為奧斯汀做傳的陣容，包括重量級傳記家湯瑪林（Claire Tomalin）、文學教授諾克斯（David Nokes），以及小說家席爾絲（Carol Shields）在內。

　　以提倡女性主義為宗旨的「柑橘小說獎」，也約莫在同一個時期於英國成立，其設置的時機和奧斯汀熱潮效應或屬巧合。不過有趣的是，綜觀這個小說獎歷年來的得獎作家和作品，乃至獎項本身所引起的各種爭端，我們卻發現「珍‧奧斯汀」的名字不斷重複出現在文評家的論述裡，使人不禁開始懷疑，或許這個「巧合」並不完全是毫無意義的「偶然」而已？或許「女性主義」和「珍‧奧斯汀」之間竟有某種交集？

　　「柑橘小說獎」自從成立以來便備受各界矚目，因為直到二〇〇二年以前，它不僅是不列顛給獎金額最高的文學獎項，也明文規定只准許女性作家參選，九〇年代末期並因呈現出「過於青睞北美作品」的趨勢，招致了「性別歧視」與「打壓本土作家」的惡名*。

　　誠然，一九九七年的「柑橘獎」評審團確曾明目張膽地指出，當代多數的英國女作家，總是習於描寫格局狹隘的主題，創作焦點若非集中在兩性關係、家庭生活，便是侷限在主要人物的內心世界裡，相形之下，來自北美的女作家則較能擁有遼闊的視野及廣大的觀照面，使她們的小說能夠具有震撼性的重要份量。而在這波「瑣碎vs.偉大」的論戰裡，奧斯汀的影子可以說同時在兩大陣營隨風搖擺，一方疾呼道：「奧斯汀筆下的人物全都脫離不了家庭生活的限制，卻絲毫無損其文學價值！」但另一方則反擊道：「正因她的作品能夠反映出十八、九世紀的社會與人性，奧斯汀才能享有不朽的文學地位！」

　　由此可見從不同的角度詮釋同一部作品，果然可以獲致迥異的結論，而「角度」多是出於下意識的選擇，並牽涉到每個人不同的「價值觀」及「品味」；「品味」固然可以受到訓練和提昇，「角度」和「價值觀」卻往往無所謂高、下之別。由此其實也可見「瑣碎」或「偉大」實在不應該是爭議的焦點，因為如果沒有奧斯汀細膩的筆觸，「瑣碎」的題材不但可能達不到「撩人心弦」的效果，反而還可能讓讀者「無聊至死」；同樣的，如果沒有奧斯汀深刻的洞察，再偉大的題材也可能被無端浪費，難以獲致讀者的共鳴，更遑論流傳後世了。

　　或許正是基於這樣的理解，「柑橘獎」評審團雖然「偏見」依舊，但針鋒相對的文壇爭議在過去幾年間卻已漸趨平息。舉例來說，一九九八年的「柑橘小說獎」由卡洛‧席爾絲的《拉瑞的舞會》（Larry's Party）奪魁─席爾絲來自加拿

大，所以從表面上看來，「柑橘獎」評審團似乎猶對「來自北美的女作家」情有獨鍾，但如果做了更深一層的觀察，我們卻將發現席爾絲的作品向以描寫「平凡婦女」見長，在她的筆下，我們看到的多是對於凡夫俗女的勾勒，瑣碎的家庭生活，以及對「圓滿結局」的嚮往。因此她的作品固然吸引了廣大的讀者群，卻也經常招致「格局窄小、視野狹隘」的抨擊，指謫她的小說太日常、太平靜、太規律、太「女性作家」，而其作品的「女人味」，更使某些文評家一再將之與珍·奧斯汀相提並論！所以從席爾絲的獲獎當中，可以說標舉「大女人主義」招牌的「柑橘獎」，其實已經承認了題材的「瑣碎」與否，和作品的「好壞」並不見得相干。

再以二〇〇二年的得主為例，我們也可以得到很好的啟示：第二度獲得提名的安·派區特（Ann Patchett），這次終於以《美麗之歌》（Bel Canto）封后，獲頒「柑橘小說獎」三萬英鎊（合約新台幣一百五十萬元）令人稱羨的獎金。《美麗之歌》將背景設於現代一個不知名的拉丁美洲小國，描述恐怖份子衝入了正在副總統官邸進行的外交舞會，企圖挾制國家元首，結果發現總統大人並未出席，躲在家裡看電視！於是恐怖份子不僅無法順利執行原先的計劃，全身而退，反而和來自各國的貴賓一起受到了國家軍隊的層層包圍，在危機落幕之前，囚禁

者和被囚禁者同時成了籠中之鳥。

　　來自美國田納西的派區特，無疑又是一位「北美作家」；《美麗之歌》的故事背景和人物取材，也顯然符合了「偉大」的要求。但如果做了更進一步的分析，我們將發現作者其實並無意深究複雜的政治或國際問題，事實上，「囚禁」才是本書真正的題旨，並且是小說情節最重要的設計，因為除此之外，小說家如何將這些風馬牛不相及的人物齊集一堂，並讓他們發生有意義的互動呢？《美麗之歌》的「囚禁」動機固然是出於政治因素，但在「囚禁」的過程中，我們卻看到日本翻譯家和女恐怖份子，以及日本企業家和美國女高音如何雙雙陷入情網，小說探索的焦點終究脫離不了「兩性關係」和「內心世界」，這到底是「瑣碎」還是「偉大」？

　　事實上，「囚禁」是各種戲劇、小說耳熟能詳的原則；劇作家必須製造充分的理由，將角色囚禁在舞台上，小說家也必須對筆下人物施加同樣的限制，使他們沒有辦法脫離書中的世界。《魯賓遜漂流記》（*Robinson Crusoe*）是一個有關「囚禁」的故事，將主人翁圍困在一座海上孤島，使他不得不在島上探索自己的體能與心靈的極限；《東方快車謀殺案》（*Murder on the Orient Express*）之類的懸疑作品，也都是運用「囚禁」的技巧，將來自四面八方性格迥異的人物侷限在火車上或古堡中，殺人、被殺、尋找兇手；派區特的《美麗之歌》則反映出了一個小型聯合國，裡面的人物多半不是政治家，幾乎全都說著不同的語言，而小說的趣味便來自這些人物如何於溝通不良的情況下，共同分享囚禁的經驗。

　　《美麗之歌》的佈局經過了作家縝密的設計，縝密到使某些論者認爲雕琢過火，不夠自然！然而小說創作的秘密，其實往往也就在經過設計的限制之中，正如奧斯汀所曾指出的：「鄉間村落的三、四個家庭，是最適合（小說家）做文章的對象。」於是在她所創造的鄉間村落裡，即使她的小說人物彼此厭惡，仍無法避免在社交場合碰面，他們被迫相聚，「囚禁」在肉眼看不見的框框裡，但唯有如此，這些人物才能在這個框框中發生感情和行爲的互動，從而綻放生命的火花。

　　所以繞了一大圈，最後還是回到了奧斯汀。派區特所創造的世界，表面上或許與奧斯汀及席爾絲截然不同，但細究之下，我們卻發現她們關心的焦點並無天壤之別，可見「瑣碎」和「偉大」之間並沒有黑白分明的界線，更不適宜做爲評量小說的標準。或許對關心女性主義小說創作的專家與讀者而言，更值得思考的問題是：爲什麼在二十一世紀的今天，珍·奧斯汀仍是英語文壇最受歡迎的女作家？如果創作的「視野」並非當代英國女作家眞正的限制，那麼問題何在？又，眞的有問題嗎？還是因爲「角度」、「價值觀」及「品味」降低了包容性，因而製造了不是問題的問題呢？

---

*　請參閱拙作《英倫書房》（台北：生智，2001）所收錄〈柑橘獎風暴〉一文。

大趨勢：英國文學與電影

　　由小說改編成電影，其實並不很新鮮，也不是某個國家獨特的專利，不僅可以追溯到一九一五年，美國導演格里菲斯（D. W. Griffith）由小迪克森（Thomas F. Dixon）的《族人》（*The Clansman*）一書獲得靈感，從而拍製了銀幕經典《一國之誕生》（*The Birth of a Nation*）的早年歷史，而且這個潮流本身也有如海浪一般，幾乎每個擁有電影工業的國家或地區，都可能經歷過一波或數波堪稱為「文學電影」的風潮！例如由瓊瑤小說蛻變而來的「三廳電影」，曾經是台灣電影市場的主流，到了一九八O年代期間，繼朱天文和黃春明的作品被成功改編之後，接踵而至即有廖輝英的《油蔴菜籽》、王禎和的《嫁妝一牛車》、以及白先勇的《金大班》和《玉卿嫂》等，造成國內對電影和小說依存關係一陣討論的熱潮。

　　不過最近幾年來，英國文學和電影的結合趨勢，可以說又已再創新高：首先是一九九O年代中期掀起的珍‧奧斯汀旋風，連帶使許多古典作家 —— 男作家如狄更斯，女作家如艾略特（George Eliot）及白朗特三姊妹（The Brontes）等 —— 均再次受到著名導演及廣大讀者的熱愛，於是在電影院裡，影迷們看到了《理性與感性》、《愛瑪》、《咆哮山莊》（*Wuthering Heights*）等名著被一部部不停地搬上大銀幕。此外在市面上的各大書店裡，古典小說的專櫃也突然加倍擴充，因為電影成為刺激大眾欣賞原著，進而閱讀其它經典文學的重要動力。

　　而隨著這起英國古典文學的浪潮逐漸平息之際，另一波以現代英國文學為焦點的電影風潮，卻也同時正在醞釀之中，並於一九九〇年代末期、二十一世紀初期，進入了狂飆的階段！光是「布克獎」得主方面，信手拈來便有凱瑞的《奧斯卡與露辛達》（Oscar and Lucinda）、石黑一雄的《長日將盡》、安大吉（Michael Ondaatje）的《英倫情人》、拜雅特（A. S. Byatt）的《天使與昆蟲》（Angels and Insects）、艾文斯（Nicholas Evans）的《會說馬話的人》（The Horse Whisperer）、肯尼里（Thomas Keneally）的《辛德勒的方舟》，以及史威夫特（Graham Swift）的《最後的安排》（Last Orders）等被紛紛改編；其它由暢銷書排行榜躍登電影市場的作品，更可謂不勝枚舉，其中比較耳熟能詳的例子，包括加爾蘭（Alex Garland）的《海灘》（The Beach）、迪貝尼艾里（Louis de Bernieres）的《科瑞里上尉的曼陀玲》（Captain Corelli's Mandolin）、宏比（Nick Hornby）的《失戀排行榜》（High Fidelity）和《非關男孩》（About a Boy）、費爾汀（Helen Fielding）的《BJ的單身日記》（Bridget Jones's Diary）和續集《理性邊緣》（The Edge of Reason），以及福克斯（Sebastian Faulks）的《夏綠蒂‧葛雷》（Charlotte Gray）等。

　　值得注意的是，這波英國文學和電影的彼此結合，已經一連數年，其中固然出現了一些叫好又叫座的佳作，票房敗筆卻也不少。可是這股熱浪不但至今絲毫沒有疲憊的跡象，反倒更有愈演愈烈的趨勢，凡是具有群眾基礎的英國作家和作品，現在都已成為各大電影公司競相爭取的對象，此一風

潮還進一步衍生出了幾個「次風潮」，更加令人玩味：

　　第一、不僅是小說，連傳記、詩集和學術作品也都開始受到青睞，例如，牛津大學英文教授貝里（John Bayley）的《艾芮絲回憶錄》（*Iris: A Memoir of Iris Murdoch*），記載了他和妻子結縭四十三載的酸甜苦辣。艾芮絲曾被譽為二十世紀英國最傑出的四位小說家之一，一生辯才無礙且韻事不斷，但於一九九四年診斷出老人癡呆症，患病後意識開始陷入半沉睡狀態，每況愈下，終於一九九九年二月八日與世長辭，享年七十九歲。貝里在她臨終前完成了這本祭妻文，並已被拍製成《艾芮絲》一片，由老牌影后茱蒂・丹區（Juli Dench）擔綱，賺人熱淚。此外，據悉片商也已購下修斯的《生日信札》詩集版權，以便拍成講述修斯和前妻——美國女詩人普拉絲——情史的影片；更令人意外的是，雪菲爾大學（University of Sheffield）歷史教授克修（Ian Kershaw），其在學術界評價極高，且曾入圍一九九九年惠特比傳記獎決選的大部頭鉅著《希特勒》，竟也受到了影壇的矚目，即將展開籌拍工作！這個現象和最近一、兩年來「傳記電影」的逐漸盛行，恰可謂相輔相成。

　　第二、《哈利波特》系列和《魔戒》三部曲的風靡全球，很容易使人將之視為個別的奇蹟，但若放在整個更大的背景中來觀察，則我們將發現，它們正是這波英國文學與電影浪潮裡的重要環節。事實上，這並非影壇第一次對童書感興趣，另一位大師級的英國童書作家岱爾（Roald Dahl），歷年來便有無數作品被不斷改編，包括《莫提達》（*Matilda*）、《詹姆士與大桃子》（*James and the Giant Peach*）、《查理與巧

克力工廠》（*Charlie and the Chocolate Factory*）等令人百聽不厭的故事。不過，像目前這種以大製作、大卡司、動輒斥資上千萬的大手筆，一窩蜂搶購童書及青少年出版品版權的影壇盛況，恐怕還是頭一遭！例如，二○○二年摘下「惠特比文學獎」二○○一年度代表作的普曼，早已引爆了片商的版權爭奪戰，號稱「黑色素材三部曲」的《北極光》、《奇幻神刀》和《琥珀小望遠鏡》等，想必很可能在不久的將來，也會以雷霆萬鈞之勢，在大銀幕上和觀眾見面。

換句話說，這波「英國文學電影」的風潮，不僅在質、量上均異常可觀，而且正如文學本身的分類一樣，無形中還進一步細分出了「古典文學電影」、「現代文學電影」、「傳記文學電影」、「兒童／青少年文學電影」等類別；同時，又如現代小說是一般出版市場最受歡迎的文學型態一樣，由現代小說改編而成的電影，也成為了這股潮流的真正主體。

不消說，由已有現成故事情節和人物骨架的小說改編成電影，比從頭開始構思全新的劇本要容易得多，尤其暢銷小說多已被視為具有基本的票房保證，因此我們可以看出在這波潮流中，片商選書的標準，泰半以享有藝術評價的大眾市場產品為重點，針對居於「通俗」和「高蹈」之間的特殊市場做訴求。此外就整體觀之，這波英國文學電影潮也有兩個令人咋舌的現象：

首先，它們固然是由「英國文學」加以改編，最後的銀幕成品卻很少是「純」英國電影，而多為國際性的組合，例如，《夏綠蒂‧葛雷》的電影版本，雖是由英國電影公司和

技術人員改編英國作家的作品，但為了吸引美國觀眾，卻是由來自澳洲的阿姆斯壯（Gillian Armstrong）執導筒，由澳洲女明星布蘭琪（Kate Blanchett）飾演這位英國女間諜，並由美國男影星克拉達波（Billy Crudup）飾演她的法國情人。此一現象或許可以說是影壇的整合趨勢，不足為奇，但當許多片商為了迎合美國電影市場，過分妥協了小說的精神與內容時，最後的成品卻往往「畫虎不成反類犬」，在一方面深深惹惱了既有的英國讀者，但在另一方面卻也未能吸引來自新大陸的觀眾，如《科瑞里上尉的曼陀玲》，便是最佳的實例。

其次，以上述兩片為例做比較，我們還將發現一個更新的趨勢：當羅德（Kevin Loader）取得改編《科》書的版權時，本書早已在暢銷書排行榜上雄據多時，羅德是先以「一般讀者」的身分愛上了本書，然後才以「電影工作者」的身分進行改編。

到了《夏》書的拍製時，整個過程卻已加速，在這本小說正式上市之前的校訂階段裡，該片製作人雷（Douglas Rae）就已經先睹為快，並當即決定購買該書版權，因此小說出版不久，電影即已問世。根據了解，像雷改編《夏綠蒂·葛雷》的這種做法，其實正是目前越來越流行的走向，有些片商甚至已開始直接向出版社或作家經紀人索取小說的草稿，以便捷足先登，讓書籍和電影同步上市！

易言之，這波「英國文學電影」風潮所顯現的，已逐漸不再是一種小說和電影之間的「意外」結合，而更像一種日益專業化的整合趨勢，因為片商和出版社以不同的方式彼此

需要—片商需要小說所能提供的成熟故事、有血有肉的角色與完整的結構;出版社則需要電影的宣傳和造勢,尤其是好萊塢電影所能帶來的豐厚利潤。然而,文學和電影雖然是相關的藝術,文學畢竟不等於電影,正如電影並不等同於文學。這個英國文學和電影的整合性大趨勢,究竟會對文學創作及電影的原創性帶來怎樣的長程性影響呢?或許唯有待你、我未來的見證了。

「布克獎」到「二○○二曼布克獎」

　　話說經過數個月的炒作、辯論及期盼，第三十四屆英國布克獎終於在二○○二年十月底落幕，由當時年屆三十九歲，來自加拿大的馬特爾（Yann Martel）以《π的一生》（*Life of Pi*）摘下桂冠。《π的一生》敘述一個身兼印度教、基督教和回教三種信仰的印度男孩，因為發生船難，和一隻老虎共同在太平洋漂流的一葉扁舟上，共度了將近一年的光陰。十月二十二日當天晚上，布克獎評審團在英國廣播協會（BBC）電視現場

轉播中為馬特爾加冕，兩天之後，布克獎讀者票選的結果，也同樣宣佈由本書封王，可見《π的一生》雅俗共賞，能夠在一百三十部參賽小說激烈的競爭中脫穎而出，可謂實至名歸。

　　做為大英國協最受矚目的文學獎項，每年的布克獎評選過程都會引發不少爭議，這年也不例外！其中最值得一提的，是九月底的決選名單大爆冷門，原先在各大投注站裡呼聲最高的四部作品全部槓龜，包括雅各森（Howard Jacobson）的《現在抱歉的是誰？》（*Who's Sorry Now?*），包伊德（William Boyd）的《人性》（*Any Human Heart*），史密斯

（Zadie Smith）的《簽名者》（*The Autograph Man*），以及艾綴克（Robert Edric）的《和平時代》（*Peacetime*）。其中《現在抱歉的是誰？》筆法幽默，具有雄厚的市場基礎；《人性》為一本虛構自傳，因其寫作企圖、涵蓋層面及創意風格而佳評如潮；史密斯的處女作《白牙》（*White Teeth*），是近兩年來英語文壇最受矚目的暢銷小說，因此各界對她的第二部作品早已望眼欲穿，使《簽名者》稱得上是「未出版，先轟動」；《和平時代》則以第二次世界大戰為主題，文筆優美且境界深遠，因此一般預測在大獎的推波助瀾之下，將是老牌小說家艾綴克躋身暢銷作者的轉捩點。

孰料就在決選名單公佈之前，布克獎評審團大膽開炮，表示二〇〇二年的布克獎要向「三P小說」——意指「華而不實（Pompous）、預示恫嚇（Portentous）、自命不凡（Pretentious）」的大部頭作品，亦即一般認為最具傳統「布克冠軍相」的「嚴肅」文學——正式宣戰，無形中宣判了《和平時代》的死刑。

本屆布克獎評審團以所謂「可讀性」做為選書的標準，各界評價不一，因為環顧歷年來的布克獎得主，或許確有幾部沉悶的巨著，但無論是否符合「三P」的批判，絕大多數畢竟都是言之有物的好小說，才能使這個文學獎項持續了三十多年的榮光，因此新一代評審團以「一竿子打翻一船人」的方式一味唾棄傳統，自然令人心懷不忿！

不過持平而論，從過去四、五年來的走向加以觀察，早已顯示了布克獎有意反映讀者品味，逐漸向暢銷小說靠攏的

趨勢,例如,無論是二〇〇一年凱瑞的《凱利匪幫正史》,二〇〇〇年愛特伍(Margaret Atwood)的《盲眼刺客》(*Blind Assassin*),一九九九年柯慈(J. M. Coetzee)的《恥辱》(*Disgrace*),或者是一九九八年麥克伊溫的《阿姆斯特丹》(*Amsterdam*)等,皆非孤芳自賞的艱澀文字,而是能夠激起廣泛讀者共鳴的佳作。因此二〇〇二年的布克獎「宣言」,就實質意義來說,其實並非「創舉」,而是說出了連續幾年來未曾明言的「共識」而已,但是藉著「自我批判」的言論點燃文學界的戰火,卻是布克獎造勢的重要手段之一。

也因此我們發現,表面上看來,二〇〇二年布克獎評審的票選行動似乎充滿了革命意味,但仔細分析六部受到欽點的入圍篇章,大抵上卻仍呈現三股不同的創作潮流:崔佛爾(William Trevor)的《露西高特的故事》(The Story of Lucy Gault)和席爾絲的《除非》(Unless),都是屬於四平八穩的代表。其中《露西高特的故事》,把背景放在一九二〇年代的北愛爾蘭,一名小女孩的失蹤,引發了出人意表的悲劇性後果;而《除非》則有點像半自傳小說,女作家的大女兒精神崩潰,迫使她重新思考生命的意義。密斯翠(Rohinton Mistry)的《家務事》(Family Matters)和溫頓(Tim Winton)的《塵樂》(Dirt Music),寫出了引人遐想的異域風情,其中設於孟買的《家務事》,述說了一個龐大印度家族的歷史,而《塵樂》則真實刻畫了在澳洲西部平原生活的艱困;最後還有馬特爾的《π的一生》和華特斯(Sarah Waters)的《芬格史密斯》(Fingersmith),皆可稱為「與眾不同」,前者充滿了魔幻寫實的魅力,後者則帶領讀者一窺同志生活綺麗的面向。

　　換句話說，布克獎固然有意要求小說創作隨著時代的變遷而反映社會新貌，但其所反映的變化，終究是一個緩慢而漸進的過程，尤其是越大型的文學獎項，品味的變遷通常越趨保守，最明顯的例子，可以由這一年布克獎評審團一方面抱怨幽默小說難得一見，但另一方面在面對趣味橫生的《現在抱歉的是誰？》時，又不禁猶豫再三的情況可見一斑，因為明目張膽的喜劇手法，往往有太接近「通俗小說」的危險！這也是奧斯卡金像獎雖然對電影票房非常重視，卻從未將大獎頒給喜劇電影的主要原因，寧可欣賞靈光乍現式的幽默，或者由絃外之音引發的會心一笑。

　　於是基於上述多方面的考量，《π的一生》最後之能獲得評審團的青睞，可以說並非偶然——本書不僅具有天馬行空的原創力，詭譎的情節更時有令人爆笑之處，是自從一九九三年多耶爾（Roddy Doyle）以《派迪克拉克哈哈哈》（*Pdddy Clarke Ha Ha Ha*）勇奪布克獎以來，最酷炫也最受大眾歡迎的一部作品。

　　許多論者認為《π的一生》稱得上是「冒險故事」和「宗教冥想」的綜合體，而這兩個元素本身，在某個層面上，其實也都反映了作者本身的經歷。

　　出生於西班牙的馬特爾，雙親都是加拿大職業外交官，因此他早年的足跡遍及世界各地，除了西班牙之外，還包括阿拉斯加、哥斯大黎加、法國、伊朗、貝魯、伊奎多爾、土耳其和印度。這種浪跡天涯般的生命歷程，使他在不知不覺中體會到人性舉世皆同的基本面，從而發現：「每個人其實

都是一樣的，只不過是用不同的方式來表達他們的相同點。」也因此每當有人表示，《π的一生》是一部非常離奇的小說時，馬特爾便會急切地指出：「重點是，故事的敘述者並不離奇，而是一個非常普通的男孩，平凡而親切。」

馬特爾的雙親不僅是外交官，也是小有文名的作家——父親是曾經在加拿大榮獲文學獎的詩人，母親是翻譯家，現在兩人正共同努力將《π的一生》翻成法文。在雙親的多重影響之下，馬特爾原想從政，後來又曾考慮從事人類學或哲學的研究，不過最後終於接受了命運對他的召喚，走上創作一途。

在寫出《π的一生》之前，馬特爾自承寫壞過幾個劇本和短篇故事，但這些初試啼聲的嘗試，卻使他對文學生涯產生義無反顧的決心，完成了第一部長篇小說《赫爾辛基羅克馬提歐背後的事實》（*Facts Behind the Helsinki Roccamatios*），接著又出版了《自我》（*Self*），不過兩部作品皆如曇花一現，甫推出即消聲匿跡，因此馬特爾終能以第三部小說受到文壇的肯定，其歡喜之情自是難以言喻！事實上，《π的一生》是由來自愛丁堡的小型出版社——砲門（Canongate）——所推出，而在出版集團的彼此兼併逐漸蔚為風潮，各獨立出版社備受國際大財團環伺壓力的此刻，本書之能獨占鰲頭，無疑也為英國的中、小型出版事業打了一劑強心針。

馬特爾現正旅居柏林，但在他的心目中，雙親所定居的蒙特力奧才是他的根，他坦承：「我無法長期離開加拿大；

那兒終歸是我的出發點。」這種對家園的眷戀之情也呈現在
《π的一生》中：小男孩的一家人是動物園管理員，正準備移
民加拿大，護送幾隻隨行的巨獸去賣給美國動物園，不料迭
遭巨變。不過本書最貼近作者內心世界的地方，毋寧是男孩
對精神世界的探索。馬特爾曾一度對生命感到十分徬徨，在
撰寫《自我》的期間，他開始潛心研究宗教，而在遍讀各教
經典之後，他終於瞭解到「信仰」和「信念」的不同，他
說：「宗教狂熱者並沒有『信仰』，他們有的是『信念』。
『信仰』使人超脫，全心信任；但『信念』令人執著。」言簡
易賅的頓悟，隨著馬特爾的文字娓娓道來，極具說服力，難
怪許多文評家表示：讀完《π的一生》之後，信者固然恆
信，不信者也不禁要捫心自問「我為什麼不信？」了！

　　目前馬特爾正開始構思第四部長篇小說，試圖以魔幻寫
實的基調回答一個問題：「我們如何面對邪惡？」他在接受
英國《衛報》（*The Guardian*）記者的訪問時表示，他喜歡描
寫簡單的故事，並將讀者視為與他平等的對象，此外他相信
在寫小說的時候，作者不僅要激勵、提昇讀者，更不能忘了
要娛樂讀者。因此當他透露新書的內容為：「本書將描述一
隻猴子和一匹驢子的旅行，牠們所旅行的世界是一件襯衫，
而這件襯衫的主人則是納粹時代的一名猶太人」時，這段描
述是令您感到錯愕不已，抑或認為若合符節呢？看來我們除
了好奇之外，只有拭目以待了！

　　走筆至此，最後且讓我回到本文最初的題目，解釋「布
克獎」和「二○○二曼布克獎」的差異。

　　二○○二年的英國布克獎，在型式上做出了許多重大的調整，首先是背後的金主——布克食品公司，結合了投資公司曼集團的資金，共同籌辦「二○○二曼布克獎」，因此昔日人人所熟知的「布克獎」，往後其實得要正式更名為「曼布克獎」了！也因此這一年評審團的「三P宣言」，或許正代表了一種「世代交替」的精神，為將來「曼布克獎」的走向定下基調；其次，二○○二年「曼布克獎」的獎金，比往年的「布克獎」金額提高了一倍以上，成為五萬英鎊（合約新台幣二百五十萬元），打敗了專門鼓勵女作家之「柑橘獎」所提供的三萬英鎊，再度成為英國境內擁有最高金額的小說大獎，很有重振雄風的意味；第三，除了專業人士的評鑑和市井小民的押寶投注之外，「曼布克獎」在更名後的頭一年即正式舉辦讀者票選的活動，並在這一年的評審過程特別標舉比往年更加「透明化」的大旗，使曩昔被視為「最高機密」的評審會議，能夠透過BBC的攝影鏡頭向觀眾公開，在在顯示了主辦單位企圖拉近和社會大眾距離的意願*。

　　所以換句話說，如果歷年來的「布克獎」有著「高蹈」之嫌的話，那麼「曼布克獎」的未來願景，或許便是「大眾化」吧？

---

　*　請參閱本書〈書香英倫〉一文。

英倫二十一世紀出版風雲

　　彈指間，二十世紀竟已是過眼雲煙……

　　驚嘆時光巨輪的流轉，無疑是老生常談，連聖人孔子都不免要惶然道：「逝者如斯夫，不捨晝夜！」更何況是我們凡夫俗子？不過，在歲月的汩汩長河中不停息地載浮載沉，若能找到一個空隙爬上岸，稍作喘息，自該是多麼大的恩賜？因此我雖明知這條長河無邊無際，上岸休息根本是毫無可能的癡心妄想，卻仍寧可將駐足凝神的片刻，化為河中偶然漂過的浮木，攀附著小憩一會兒，藉以回顧昔日的點滴，感受一下過往具體的收穫，做為前瞻未來更踏實的動力。

　　書籍是人類智慧的結晶，也是社會生活的紀錄，但如要將之視為當代思維及大眾心理的反映，毋寧有賴長時間的觀察。二〇〇一年爆發的「九一一」恐怖事件，打亂了歐美書市的出版秩序，使各種探討可蘭經、回教文化、國際恐怖主義等論述，突然從冷門作品變成洛陽紙貴，可是即便經過了這一段時間的醞釀，及今試探「九一一文學」何時開花結果的問題，畢竟也仍太早！因為文學固然是治療社會創痛的藥方之一，療程終究十分漫長（請參閱本書〈九一一書潮VS.布克獎〉一文）。

　　換句話說，我認為管窺不列顛書市進入二十一世紀之後的起伏變化，並不足以揭示英語文壇的整體動態，也不見得能夠突顯國際局勢移動的方向，不過從這侷限一隅的見證

中，或許我們還是能夠歸納出某些文化互動的蛛絲馬跡，為各種零碎的偶發事件，尋找拼圖的可能性定位，並藉機重溫值得回味的作品，以及它們所帶來的樂趣和啟示。

「九一一」的影響

綜觀邁向二十一世紀後的英國書市，我們持續感受到了「九一一」的影響，包括在世界各地發生的多起恐怖爆炸案件，以及第二度「沙漠風暴」所帶來的陰霾，其中最明顯的例子，莫過於國際航線旅客的大幅減少，使零售書籍的銷售成績遭受重創，不僅機場書店呈現蕭條景象，為了在機上消遣及渡假所需而在別處選購讀物的情況也急遽下滑。

不過大型連鎖書商如水中石書店，結合了休閒咖啡的經營型態穩定擴張，跨國網路書店如亞馬遜（Amazon）公司的轉虧為盈，以及《哈利波特》的發燒效應等，則為英國出版界發揮了力挽狂瀾的作用，確保在電視、廣播、音樂、電腦產品氾濫的今天，儘管恐怖主義的氣氛凝重，「閱讀」依舊是廣受英國大眾歡迎的娛樂活動之一。

至於出版內容方面，拋開小說及各種得獎巨著不談，我最想一提的是下列三部作品：牛津大學英語教授湯姆·寶林（Tom Pauline）的詩作《侵略手冊》（*The Invasion Handbook*），美國紀錄片製作人麥可·摩爾（Michael Moore）的評論《愚蠢白人》（*Stupid White Men ... and Other Sorry*

Excuses for the State of the Nation!），以及印度女作家阿蘭達蒂・洛伊（Arundhati Roy）的文集《正義方程式》（*The Algebra of Infinite Justice*），都對導致「九一一」事件的霸權文化表達了嚴正的抗議。

由英國樂透彩券成立的科學、技術、藝術基金會，曾於一九九九年頒發七萬五千英鎊（合約新台幣三百七十五萬元）給寶林，希望他能「結合攝影、電影及音樂，為詩創造出嶄新的典型與風格，拓展我們的視野及對詩的既定概念」，而在新世紀之初問世的《侵略手冊》，便是寶林過去數年來的心血結晶。

本書的時間涵蓋了由凡爾賽條約（Treaty of Versailles）的簽署，直到英國大戰（Battle of Britain）的爆發。按照寶林的計劃，他還將撰寫兩本續集，因此《侵略手冊》可以說是一部序曲，記錄了他對和平的思考過程。他說：「我開始對各種條約感到很大的興趣，因為我最關心的問題是，戰爭之後如何重建和平？過去十年來，人們期待和平終能降臨北愛爾蘭，約翰・修姆（John Hume）總是說：『如果德國和法國能在戰後並肩攜手，為什麼我們不能？』真是一語中的！」

因此表面上看來，《侵略手冊》固然是以二次大戰為主題的詩集，最終意旨卻在追求長遠的和平，而在「反恐之戰」持續進行，二度波灣戰爭後的伊拉克重建困難重重，以及以色列、巴勒斯坦和平談判仍似遙遙無期的今天，本書可以說極具深意。

摩爾以對美國中產階級文化的透視，寫出了犀利、幽默

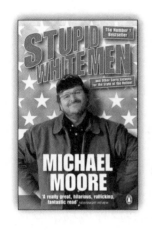

的《愚蠢白人》，對布希政府諷刺十足。本書在美國當地問世時，出版社因要求作者修改內容不遂而刻意低調處理，壓在倉庫遲遲不願上市，不過摩爾對抨擊主題的熱情和邏輯推理，在一個演講會上打動了與會的圖書館員，利用電腦網路聯絡全國各地的圖書館紛紛響應，要求購買本書，結果竟在毫無出版社造勢和媒體推波助瀾的情況下，使本書成為純靠口碑登上暢銷書寶座的異數！

《愚蠢白人》跨海來到英國之後，迅速造成轟動，連帶使摩爾在倫敦劇場表演的脫口秀，一再引起廣大的迴響，同時他深入檢討美國槍枝文化的紀錄影片《科倫拜恩保齡球》（Bowling for Columbine），也得以從播放非主流電影的小戲院，長驅直入一般電影院，甚至獲頒二○○三年的奧斯卡紀錄片金像獎，並演出了他在頒獎現場直言斥責布希的一幕！只不過摩爾濃厚的自由主義色彩，竟招致英、美法西斯集團對他提出警告，不禁令人為他的安全擔憂不已。

洛伊自從以處女作《微物之神》（The God of Small Things）摘下一九九七年布克獎桂冠之後，便宣佈放棄小說創作。但過去幾年來，她的筆卻不曾停歇，不斷在印度報刊發表各種文章，以反對在納馬達山谷（Narmada Valley）建築大水壩、挑戰全球消費主義，以及抗議美國對抗恐怖主義之戰等多篇論文，扮演了印度社會的良心，其中洛伊對大水壩的抨擊，

阿蘭達蒂・洛伊
Caroline Fordes 攝影，
（1997）Flamingo 出版社提供

還曾造成印度高等法院以藐視法庭的罪名，將她判刑入獄！然而印度當局所採取的恫嚇手段，終究未能產生對作家消音的效果，二○○二年底在英國出版的《正義方程式》，便是洛伊筆耕成果的結集。

正如《微物之神》所顯示的，洛伊是位用「心」的作家，《正義方程式》中最好的幾篇文章，透露了洛伊有其理性、感性兼具的一面，同時當她臻此境界時，立論不僅能夠綜觀大局，細膩的文字也能從小處著眼，生動刻劃出小市民的困境，從而激發讀者強烈的共鳴！但是閱畢全書，這類情、理並重的陳述並非信手拈來，因此迴繞在讀者耳際的，最後還是洛伊熱血奔騰的吶喊。

《侵略手冊》、《愚蠢白人》及《正義方程式》所受的最大詞責，往往在於三位作者似乎只是一味對現實不滿，卻未提出實際可行的替代方案。不過值得注意的是，寶林、摩爾和洛伊都不是政治家，他們的職責並非帶領民眾走向烏托邦，而在指出當今社會的問題和現象；換句話說，無論讀者對這些文字是否心悅誠服，它們真正的可貴之處，來自於知識分子責無旁貸的正義感。而當知識分子因宣揚和平、自由、公平和正義的理念，面臨了被逮捕、遭受人身攻擊，甚至被暗殺的隱憂時，我們便知道他們筆下所挑戰的那個社

會，果然是病了！

潮流和趨勢

當現實社會令人大失所望之際，人們是否特別需要向超現實的作品尋求慰藉呢？無論您對這個問題的看法如何，不容否認的是，奇幻小說（Fantasy Novels）確是二十一世紀一股勢不可擋的浪潮。

首先必須指出的是，奇幻小說並非新興的文體，且早已是西洋通俗文學裡廣受歡迎的一支，地位有如中國的武俠小說。在水中石書店一九九八年底所做的全國性問卷調查中，托爾金的《魔戒》便曾以五千多票高居榜首，被英國讀者推崇為「最能代表二十世紀的書籍」；此外，當代英國奇幻大師布拉屈（Terry Pratchett）的《磁片世界》（Discworld）系列，也是部部暢銷，系列中的任何一本最新作品只要一問世，就會立刻高居排行榜第一名！

可見奇幻文學的大行其道，在台灣或許仍然相當新鮮，但在英國卻已行之有年，有如國內「金庸迷」的代代相傳。那麼，為什麼有時候某種原已暢銷的文學體例會忽然蔚為流行，例如一九九〇年代中期掀起的「奧斯汀旋風」，以及目前奇幻文學的炙手可熱呢？

有人將今天的奇幻文學風潮，看成是「九一一」事件的影響，顯示了社會大眾渴望逃避現實的傾向。我不敢論斷此

一觀點究竟是對是錯，卻想指出，進入二十一世紀後的這幾年，不僅掀起了「奇幻文學熱」，同時也帶來了「兒童文學熱」和「文學電影熱」，三者相輔相成，互為因果，並有合而為一的趨勢，這或許才是造成奇幻文學風靡世界不可忽略的主因？

當《哈利波特》和《魔戒》電影在二○○一年底席捲全球票房時，「童書作家」的身價，早已出現了水漲船高的現象，可是當普曼以《琥珀小望遠鏡》一書，在二○○二年初獲頒英國惠特比文學獎的年度代表作殊榮時，「兒童文學」才終於受到了重量級「成人」文學獎的首度肯定！《琥》書的得獎，引爆了英國文壇對諸多文學議題的激辯，但電影片商更未閒著，根據了解，「黑色素材」已經招致好萊塢的熱切覬覦，料想《北極光》、《奇幻神刀》和《琥珀小望遠鏡》等作品，很可能不久也將以雷霆萬鈞之勢在大銀幕上和觀眾見面，持續延燒這股「奇幻／兒童／電影」小說的火焰（請參閱本書〈童書旋風初探〉一文）。

事實上，這當然並非影壇第一次對童書感到興趣，已逝的英國童書作家岱爾，歷年來便有無數的作品不斷受到改編，只不過並不像現在這種以大製作、大卡司、動輒斥資上千萬的大手筆，一窩蜂搶購童書版權的盛況！尤有甚者，許多片商更已開始直接向出版社索取作家未完成的草稿，以便在出書的同時同步推出電影，因此目前這波「文學電影」風潮所顯現的，也已不再是一種小說和電影的「意外」結合，而更有日益專業化的整合趨勢，因為片商和出版社以不同的方式彼此需要——片商需要小說所能提供的故事、角色與結

構，出版社則需要電影的宣傳和造勢，尤其是好萊塢所能帶來的豐厚利潤。然而此一趨勢究竟會對文學及電影帶來什麼樣的長程性影響，則仍有待未來的持續觀察（請參閱本書〈大趨勢：英國文學與電影〉一文）。

此外，如果我們仔細檢驗年終暢銷書排行榜的變化，也將發現「名人傳記」稱得上是英國書市另一個永不退燒的潮流。

記得有次參加林清玄的演講會，一位年輕讀者問他：「林先生，您的作品這麼廣受歡迎，能否請您透露寫暢銷書的秘訣？」結果林清玄回答道：「我如果知道這種秘訣，年輕的時候早就寫出暢銷書來了，何必等到今天？」引來一陣哄堂大笑。

其實我相信林清玄並非開玩笑，也不是故弄玄虛，因為表面上看來，暢銷書好像是有某種特定的規則，但是當真按照這套模式寫出來的作品，是否每本也都能通行無阻呢？完全不盡然！可見一本書的暢銷與否，摻雜了許多未知的因素，不僅作家渴望找出蛛絲馬跡，各大出版社又何嘗不在汲汲營營地尋覓下一個暢銷作者？下一部暢銷書？

英國出版社顯然尚未找到製造暢銷書的訣竅，因此每年的聖誕書市才會有如一場豪賭，紛紛往「名人（celebrity）」身上下注，正如歐萊恩（Orion）出版集團總經理艾德華（Malcolm Edwards）的名言：「向名人押寶，好比分攤賭注，每十個爛攤子裡，總會跑出一隻金雞蛋來，值回票價！」於是在這種賭徒哲學之下，年終歲末也就成了名人傳記紛紛

出籠的時節，而所謂的「名人」，可以說定義廣泛，政壇大佬、影視明星、八卦人物及單純因出名而出名（famous for being famous）者，無所不包。

綜觀二十一世紀的頭兩、三年，可稱爲曼徹斯特足球聯隊（Manchester United）最爲豐收的一年，無論是今天或過去的足球明星——金恩（Roy Keane）、貝斯特（George Best）、經理亞力克斯（Sir Alex），或者是帥哥貝克漢（David Beckham）與其太太維多麗亞（Victoria）等人的傳記，銷售成績均相當可觀，難怪哈伯考林斯出版社（HarperCollins）據傳已經以三百萬英鎊（合約新台幣一億五千萬元）的大手筆，簽下了貝克漢本人的自傳，只等著找到恰當的影子作家（ghost writer）爲貝克漢代勞。

另外，女明星強森（Ulrika Jonhson）因牽扯出不少與名人的戀情，傳記銷路節節上升；詹金恩（Roy Jenkin）的舊作《邱吉爾傳》（Churchill）回鍋熱賣，可能是受到英國廣播協會（BBC）全國票選結果，邱吉爾榮膺「最偉大的英國人」影響所致。然而上述作品若和史蒂文生（Pamela Stephenson）爲丈夫所寫的傳記《比利》（Billy）相較，卻都只是「小巫見大巫」，那麼爲什麼身爲喜劇演員的比利，竟能成爲最暢銷的名人傳記呢？答案恐怕只有天知道了！

不過值得注意的是，由於競爭激烈，這兩年英國的名人傳記和回憶錄出版不僅到了浮濫的地步，平均預付款且已突破五十萬英鎊（合約新台幣兩千五百萬元）的價碼，但其中只有少數能夠達到預期的風潮。這當中損失最慘重的，莫過

於前保守黨女議員科里（Edwina Currie）的《日記1987-1992》
（*Diaries 1987-1992*），大膽揭露與前首相梅傑（John Major）
的婚外情，吹皺政壇一池春水，不料卻是船過水無痕，讀者
並不希罕！性感女歌手凱莉（Kylie Minogue）的《凱莉拉拉
拉》（*Kylie: La La La*）無人問津，也可以說非常出人意表，
販書業者咸認是封面設計過於保守，未能選擇展示歌星玉臀
的照片，使讀者認不出是凱莉的緣故。

　　由於整體的投資報酬率不佳，因此一般預測，往後幾年
出書的「名人」數量當會大幅減少，唯名字響鐺鐺的人物，
猶如貝克漢者，出版社還可能不惜重金爭取版權。換句話
說，戰術或有差異，追求暢銷書的用心依舊，誰能在最後的
排行榜中稱王，固然是另一場風雲詭譎的賭賽，但在整個暢
銷書的競逐文化中，除了「名人」是最大的贏家之外，受益
的還有誰，卻是很少人願意碰觸的問題。

個人之最

　　二十一世紀方剛起步，如果現在就談「世紀之最」，未免
太過誇張，倒是不妨談談幾個統計結果和「個人之最」：

　　根據英國《衛報》的資料，這兩年最暢銷的英國小說首
推麥克伊溫的《贖罪》。本書是二○○一年布克獎的入圍作
品，也是評審期間得獎呼聲最高的一部，雖然最後揭曉，由
凱瑞的《凱利匪幫正史》奪魁，但在BBC同步舉行的布克獎

讀者票選中，稱王者卻是《贖罪》，尤其推出平裝版以後，本書的銷路更是扶搖直上。

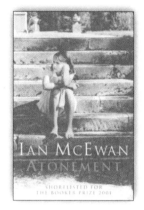

正如書名所提示的，《贖罪》處理的是罪惡感和自我救贖的問題：一九三五年的一個炎炎夏日，在英國鄉間的一棟豪宅中，年方十三歲的少女看到姊姊褪盡衣衫跳進花園的大水池，同時目睹這一幕的，還有他們剛從劍橋大學返鄉的兒時友人，此後這三個年輕人的生命，便在命運之神的操弄下變得不可分割。

麥克伊溫曾說：「寫小說是一種調查人性的方式，因為小說有比其他任何藝術形式都更強的能力，可以讓你進入他人的內心世界。」此一寫作哲學使他成為可讀性最高的當代小說家之一，也是令我非常心儀的作者。為他摘下一九九八年布克獎的《阿姆斯特丹》一書，稱得上是一部黑色喜劇，描寫兩個有瑜亮情結的多年知交，如何決定暗算彼此而玉石俱焚；他早年的另一部暢銷小說《恆久之愛》（*Enduring Love*），敘述一樁熱汽球不幸墜落的意外事件，影響了搶救者的日後生活，由對外在世界的鋪陳，不著痕跡地進入對心理轉折的探索，一氣呵成！而今天《贖罪》的持續熱賣，一方面似乎證明了老牌作家的功力不減，也讓人燃起了一種「好書不死」的欣慰之情。

由《贖罪》所締造的佳績觀之，二○○二年的布克獎得

主《π的一生》，同時獲得專家和讀者的肯定，前景顯然相當
看好！《π的一生》是近年來我所接觸過最幽默的小說之
一，從為什麼男孩的名字叫「π」，到他如何身兼印度教、基
督教和回教三種信仰，都有令人忍俊不住的生動描繪。這名
印度男孩因為發生船難，和一頭大老虎在太平洋上漂流的救
生艇中，共度了七個多月的光陰，對於這段期間男孩如何求
生、如何馴服猛獸，作者都有鮮活跳脫的描寫，而幾場血腥
的畫面，也予人留下了暴力美學強烈的視覺印象。本書被喻
為「冒險故事」和「宗教冥想」的綜合體，以魔幻寫實的文
字闡述「信仰」和「信念」的不同，許多論者認為作者馬特
爾極具說服力，因此在讀完《π的一生》之後，信者固然恆
信，不信者也不禁要捫心自問「我為什麼不信？」了！

　　馬特爾的崛起無疑是二十一世紀初期的文壇盛事，除了
因為布克獎本身的份量之外，也因為《π的一生》是由砲門
出版社──一個來自愛丁堡的小型出版事業機構──所推
出，在出版集團彼此兼併的風潮之下，各獨立出版社備受國
際大財團環伺的壓力，本書之能獨占鰲頭，無形中為英國的
中、小型出版事業打了一劑強心針。

　　瑪姬‧吉（Maggie Gee）的《懷特一家》（*The White
Family*），則是這兩年來最被忽略的英國好小說之一，處理的
是「種族歧視」這個既敏感又困難的題材，連書名也頗具創
意，一方面點出故事是有關「懷特」這一家人的故事，但另
一方面也可以被解讀成「白人家庭」，一語雙關，切中題旨。

　　《懷特一家》是瑪姬的第八部小說，一改從前過於沉溺在

青春期叛逆思想的描寫，而將焦點放在現代社會的偏見與暴力上。小說的背景設在一個虛構的倫敦社區，社區裡各色雜陳，傳統的藥房和糕餅店，隨著時間的變遷，早已被新開張的投注店所取代，只有奧比恩公園（Albion Park）依然蒼翠，是社區昔日風貌唯一的見證。

阿福烈德‧懷特（Alfred White）是公園管理員，五十年來兢兢業業，確保小朋友不在公園裡亂踢足球，並防止任何不可告人之事在廁所裡或其他隱蔽處發生。阿福烈德也愛他的太太——梅（May），可是他暴烈的脾氣和對膚色盲目的偏執，卻使他和三名子女形同陌路。當阿福烈德過時的公園管理規則受到新來的年輕黑人家庭嚴厲挑戰時，老管理員受不了刺激而被送進醫院，三名子女也紛紛趕回他的身邊探視。

由美國飛來的大兒子達倫（Darren）是一名新聞記者，已三度再婚，對父親過去的言行仍不諒解；二女兒雪莉（Shirley）是名富裕的寡婦，已故的夫婿和現任情夫都是黑人，使她和父親的關係惡劣到極點；小兒子德爾克（Dirk）從小受盡壓抑，長大後企圖在新納粹組織裡尋找認同，並向替罪羔羊傾洩自己所有的不滿。德爾克對有色人種說不出的憤恨，以及他本身潛伏的同性戀因子，引出了結局的一場暴力高潮，迫使阿福烈德為了盡忠職守，不得不履行他最後一項具有救贖性的任務。

在這部值得一讀的佳作中，作者不僅在故事架構與情節鋪陳上顯出了深厚的功力，同時也呈現了探索種族歧視因果關係的勇氣。不過很可惜的是，書中人物的塑造無法脫離流

行文化的刻板印象，使阿福烈德、雪莉、德爾克等人變得過於符合通俗的「典型」，而不能完全捕捉住問題的要領，畢竟在今天多元文化密切交融的英國社會中，種族議題早已不再是「黑白分明」的問題，而是層次不同的「灰色地帶」──這或許也是《懷特一家》受到讀者冷落的主要原因吧？

　　至於我在新世紀最想捧讀而尚未如願的書籍，則是艾登堡（David Attenborough）的自傳《廣播生活》（*Life on Air*），以及他配合BBC紀錄片所出版的最新作品《哺乳動物》（*The Life of Mammals*）。

　　艾登堡是英國廣播電視界的資深前輩、紀錄片製作人、節目主持人，是BBC第二台的創台老闆，也是將英國電視節目提昇到世界級水準的重要舵手，曾一度被提名擔任BBC執行長，但是基於對大自然無盡的熱情，終於決定婉拒這項被公認為英國廣電界最崇高的職務，回頭專注於野生動物節目的製播。

　　其實我向來並不特別迷戀有關大自然的紀錄片，因此艾登堡雖有豐富的資歷和響亮的名聲，我卻孤陋寡聞，對他所知無多。直到最近無意間在電視上看到《哺乳動物》的播映，活潑、生動、言簡意賅而又引人入勝，令人情不自禁隨著年過七旬的艾登堡一頭栽進了那個瑰麗、奇妙的宇宙，看

他神采飛揚地上山下海，溫文儒雅的氣度中洋溢著一股孩童般的天眞與歡愉，怎不教人深受感染？於是這個金氏紀錄中到過全世界最多地方、最見多識廣的人，乃成爲我二十一世紀的新發現，且迅速成爲最崇拜的英雄之一！期待很快能有機會仔細掏煉他對生活的了悟、對地球的心得，以及對生命的諸般體驗。

輯 二

作家與作品

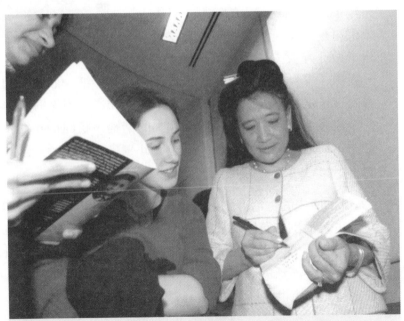

作家張戎（圖右）為讀者在作品《鴻》上簽名。Nicholas
Jacody 攝影，2003年，英國諾丁罕大學亞洲太平洋研究所
提供。

一位女性主義作家的誕生

　　自從十年前接觸了費‧威爾登
（Fay Weldon）的小說——《女魔王的
生活與愛情》（*The Life and Loves of a
She-Devil*）之後，我就對這位令人充
滿驚奇的英國女性主義作家頗為矚
目。《女魔王的生活與愛情》敘述一
位庸碌的家庭主婦，平日克盡職責相
夫教子，卻飽受家人的輕賤，不料到
頭來還是被丈夫拋棄！於是她總算受
夠了做「好女人」的折磨，決心搖身
一變做「壞女人」——燒掉了自己的房子，把一個個不知感
恩的孩子送給別人領養，耍盡各種手段和心機累聚財富與權
力，最後並利用手術易容變成丈夫的情婦，將他玩弄在股掌
之間，使之淪為自己的性俘虜，從此坐享她一生所渴求的一
切。

　　《女魔王的生活與愛情》於一九八〇年代初期問世，其時
女性主義浪潮在英國仍風起雲湧，書中部分情節固然離奇得
教人匪夷所思，但女主人翁的遭遇和心聲，寫實之處卻引起
了社會各界廣泛的共鳴，而那種以黑色幽默的筆法提倡「唯
我獨尊」的處世原則，也成為威爾登作品的重要特色。

　　然而威爾登本人的言談舉止，並沒有刻板印象中女性主
義者的「大剌剌」，事實上，我還記得第一次看到她的訪問

時，對於她的輕聲細語和小鳥依人狀訝異不已！但是深一層探究起來，我卻發現威爾登的「女人味」並非出於「溫婉」的本性，而是基於她對「精準」的要求——她的不急不徐和時而靜默，都是為了讓自己有餘裕尋找最恰當的字眼，以便確實傳達出內心的思考所致，而她馴良的語氣和柔順的態度，則有如包裹著驚世駭俗想法的糖衣。

此一特質即反映在威爾登的回憶錄——《費的自述》（*Auto da Fay*）當中，可以說淋漓盡致，透過她娓娓道來的行文風格，讀者彷彿有和作者一起喝下午茶聊天似的感受，卻也因此格外容易被她的妙語如珠和輕鬆神色所欺瞞，直到事後突然回過神來，才情不自禁地懷疑作者所言是真是假？例如，她若無其事地提到癩蛤蟆曾如何被用來驗孕，又提到她所認識的一名飯店大廚，每生起氣來就如何往奶油裡擤鼻涕！這些生動的描繪令人啼笑皆非，但讀者在乍聞之下或許認為純屬虛構，內心深處卻又擔心一切屬實，從而出奇不意地打個冷顫……。

威爾登生於一九三一年，根據她的說法，她的母親瑪格麗特（Margaret）來自英國一個「放蕩不羈」的家庭，一家人在熱愛文學和音樂之餘，對世俗的社會規範不屑一顧。瑪格麗特的父親艾德佳・傑普森（Edgar Jepson）一生共寫了七十

三部小說，並且篤信各種星象、羅盤、神鬼之說，似乎是個相當有意思的人物，只可惜威爾登並不認識祖父，倒是遺傳了他的諸多興趣和才華。

艾德佳六十九歲那年不愼讓情婦受孕，家庭終於變得分崩離析，於是瑪格麗特不顧家人的反對，嫁給醫生富蘭克（Frank），並隨之移民紐西蘭，生下了費的姊姊珍（Jane），不過當瑪格麗特懷著費的時候，紐西蘭發生了一場大地震，結果誹聞不斷的富蘭克竟不顧妻女的生死，獨自逃得無影無蹤！因此母親原將費命名爲「富蘭克林・博金蕭（Franklin Birkinshaw）」，希望藉著讓女兒和父親同名，能夠喚回父親舊時的柔情蜜意，孰料這畢竟是春夢一場。費在出生後從未見過自己的父親，這份失落感無疑在她的心靈留下了某種創痕，並對她的兩性觀產生了深遠的影響。

一文不名的瑪格麗特回到英國，獨自撫養兩名幼女，飽受社會歧視的眼光和家人的冷落，她的謀生之道是發表羅曼史小說，同時她也開始秘密撰寫對道德和美學的個人心得。費說她記得母親的長篇大論曾亂哄哄地佔滿整個飯桌，令她煩擾不已，因此當她展開自己的寫作生涯以後，她變得非常注意整理稿件的秩序，而且偏愛簡潔的文字。

不過話雖這麼說，威爾登顯然還是深愛母親，她敘述小時候曾如何害怕學校的修女，以及曾一度遭受鳥兒的恐怖攻擊，卻從未把這些事情告訴母親，只因爲她知道母親已有太多煩惱，所以她不願向母親訴苦，增添她的憂慮，反而爲了安慰母親，威爾登從小就學會當個乖巧、懂事的女兒，時時

扮演開心果，從而塑造了日後矛盾的性格。於是從這兒，我開始對《女魔王》一書產生了新的透視，猜想書中的「好女人」極可能是以威爾登的母親做樣板，而「壞女人」則是威爾登另一個自我的變身與幻化？

從聖安德魯大學（University of St Andrews）取得經濟和心理學的學位之後，威爾登搬到倫敦，懷了第一個孩子，但是為了金錢的誘惑，她決定離開孩子的生父，接受貝特曼先生（Ronald Bateman）的求婚。

貝特曼比威爾登大上二十多歲，是一個學校校長，威爾登坦承，當她嫁給貝特曼的時候，她以為是自己在利用貝特曼，但她後來才發現，原來被利用的竟是自己和兒子！因為貝特曼當時正在申請校長的職位，一個「現成的家庭」毋寧對他的申請大有幫助。可是結婚之後，貝特曼卻不願和費發生性關係，反而寧可在倫敦著名的蘇活區（SoHo）幫妻子拉皮條，而當她後來無法繼續隱忍，辭掉了在上空俱樂部的工作時，貝特曼最耿耿於懷的，竟是白白幫妻子買了昂貴的工作行頭！

對費來說，這是不堪回首的惡夢一場，因此在她的自我告白裡，她的敘述觀點忽然從原先的第一人稱轉變成第三人稱，彷彿訴說的是別人的故事，或者是虛擬的小說情節，而這種言說上的疏離感，似乎不僅是她解決問題和自我探尋的手段之一，也成為其小說作品的魅力所在。

痛苦的費開始逐日增重（使她成為自己第一部小說的人物雛形），最後總算帶著兒子逃離貝特曼，並在一九六二年嫁

給藝術家兼古董商——容恩・威爾登（Ron Weldon），兩人隨後另育有三子。和容恩結婚的這段期間，費提早經歷了中年危機，並在痛定思痛後，決心放棄絢麗的廣告生涯，開始嘗試寫作，因此她沿用至今的仍是容恩的姓氏。只是，她和容恩之間表面上看來雖是一對恩愛夫妻，畢竟也有不協調之處，最明顯的是容恩喜愛鄉居的恬靜，但費卻對農莊生活感到難以忍受——這使我聯想到二○○三年間備受好評的電影《時時刻刻》（*The Hours*），女主角吳爾芙（Virginia Woolf）為了亟欲回到倫敦而和丈夫在火車站爭吵的一幕，是否在某個方面也有如費和容恩的寫照呢？

費和容恩結婚三十多年後，終於在一九九四年走上了離婚的不歸路，不過巧合的是，容恩竟在離婚協議書抵達當天去世了！費・威爾登現在與第三任丈夫——詩人尼克・福克斯（Nick Fox）——住在倫敦郊區，據她自己的說法，生活幸福美滿，同時她回顧自己的一生，倒也不以「坎坷」論，並認為最重要的是她始終保持了快樂的本性。

自從她的第一部小說——《胖女人的玩笑》（*The Fat Woman's Joke*）於一九六七年問世以來，費・威爾登迄今已出版了二十多部長、短篇小說，擅長以悲喜劇的風格處理女人和父母、男人、兒女以及其他女人的複雜關係。此外，威爾登也改編、創作了無數電視和廣播劇，並有各種評論文字散見英美各大報章雜誌，創作活力豐沛異常。

　　由於她對女性議題的關切，尤其是對「同工同酬」的熱切呼籲，使威爾登在一九六〇年代末期成為英國婦女解放運動的健將之一。不過今天的威爾登卻對女性主義的觀點做出了諸多修正，例如，她認為現代人埋首「事業」，但所汲汲營營的一切泰半是對他人毫無意義和貢獻的事；同時她認為大多數的女人其實只有「工作」，沒有「事業」，不過是被雇主以「事業階梯」的概念給矇騙了，因為這樣一來，「在上位者」才能靠「在下位者」幫他們賺錢牟利！換句話說，威爾登認為在兩性革命的過程中，資本主義趁虛而入，挾持了女性主義的利益目標，造成現代社會以為女人一定要有「事業」才有「社會地位」的誤解。她自承是屬於女性主義的「舊學派」，強調女性主義從不曾認真討論過「母職」的問題，進而奉告女人，尤其是事業心強的女性，必須對扛起「母親」的角色三思而後行。此外她也指出，女性主義的某些面向刻意打擊男性的自尊，使新男人處於兩難的地位，並於一九九八年發表小說選集《父親難為》（*A Hard Time to be a Father*），探討新時代男性所遭受的不公平待遇，公開成為爭取「男性權利」的代言人。上述種種言論和行徑，使威爾登一再和「新」女性主義者打著無數激烈的筆仗，不過威爾登表示，辯論才是正面的發展，因為她相信「共識」不應是女性主義追求的唯一目標。

　　作家的生平遭際，往往不見得和作品有任何具體的關聯，讀者也不見得需要對作者的真實生活有任何概念，才能欣賞文本的趣味。然而從《費的自述》反芻威爾登的人生苦旅，無形中卻使我對她的心路歷程有了進一步的心領神會。

雖然這位年過七旬的女性主義作家熱愛辯論與爭議，因此她出版自傳的目的，或許並不是為了以回首前塵的方式「化敵為友」，但無論是敵是友，瞭解了威爾登高潮迭起的生命背景後，或許我們都將能對她的作品產生更深的了悟。

童書插畫家的異想世界

　　二○○三年間，國內引進了英國童書插畫家查爾斯‧奇賓（Charles Keeping）的三部作品—《約瑟夫的院子》（Joseph's Yard）、《天堂島》（Adam and Paradise Island），以及《窗外》（Through the Window）。由於畫風奇詭，引起國內童書界相當的矚目，於是我受《中國時報》之邀，撰寫一篇對奇賓的簡介，孰料案子接下以後，卻發現依我日常的蒐尋管道，竟遍尋不著這位作家的生平！為了這篇八百字的短文，我當真花費九牛二虎之力才算交差，可是也正因為這份探索，我才得以一窺過去未曾涉足的奇異世界。

　　奇賓在一九二四年出生於南倫敦的藍巴斯路（Lambeth Walk），這是著名的音樂劇《我和甜心》（Me and My Girl）裡一再唱及的街名，距離碼頭和市場都很近，車來人往，好不熱鬧！奇賓的父親是職業拳擊手，根據奇賓自己

的說法，他的大家庭是「舒適的勞工階級」，雖然週遭貧病充
斥，但他們一家並不窮困，他和姊姊從小就被鼓勵從事具有
創造性的娛樂活動，例如唱歌、背書、談話、講故事……
等。他的祖父母都非常喜歡講故事，尤其他的祖父是商船船
員，所講的故事格外令他神往。

　　奇賓從小就愛觀察附近鄰里的活動，同時他的觀察力顯
然也十分敏銳。雖然大人們平時並不准他在街上亂跑，他卻
經常看著窗外的人潮，幫他們編織故事，他尤其喜歡看著馬
車穿過崢連的圍地，或者經過一道道灰黑的磚牆。他很小的
時候就開始試著把這些情景畫將下來，也特別喜歡繪畫，因
為他覺得，「當你畫出一樣東西時，你便擁有了那樣東西，
沒有人可以將它奪走」！於是我們從這裡似乎也可以想見，
在國內已有翻譯本上市的《窗外》，以及奇賓的第一本圖畫書
《史恩與馬》（*Shaun and the Cart-Horse*），極可能都是作家兒
時生活的再現，透過畫筆反映出他眼中和腦海裡所見到的童
年世界。不過也正因奇賓從小就把所有時間都消磨在作畫上
頭，他學校裡的其他功課簡直樣樣不行。

　　九歲那年是奇賓生命的第一個轉捩點，他的姑丈、父親
和祖父相繼意外去世，死亡的威脅霾時間籠罩了他幼小的心
靈，對他日後的畫風無疑具有深遠的影響，此外家裡的經濟
情況當然也因此而受到很大的打擊，使奇賓在十四歲那年不
得不輟學成為印刷學徒。奇賓坦承，打從進入印刷廠的第一
刻起，他就知道自己不可能一輩子幹印刷這一行，不過弔詭
的是，成年後的奇賓卻深深浸淫在以平版印刷作畫的藝術
裡，他的無數畫作也都呈現出在平版畫方面的精湛技巧，換

句話說，無論是否出於自願，印刷學徒的訓練儼然已成爲他創作生涯不可分割的一環。

　　二次大戰期間，奇賓加入了皇家海軍，面臨他人生的第二個轉捩點，因爲他發生了一場嚴重的意外，頭部左眼上方遭受重創，幸而未曾喪命，但在他等待救護車抵達之前，他驚愕地發現每個人都故意避開自己的視線，而到了醫院以後，他從鏡中看到了一張腫脹、扭曲的面容，連自己看了都恐懼不已！於是往後在他的作品中，也一再重現這種畸形的震撼和恐怖的容顏，難怪國內藝術工作者宋珮認爲：「（奇賓的）插畫……好像五線譜上的音符，可以有無窮的組合方式，營造出故事中驚悚、詭異的氣氛，更令人驚訝的是他所刻畫的一張張臉孔，顯示出他對人、對人性有著異常的洞察力。」在我看來，這似乎證明了奇賓臉部受傷變形的經驗，已在不知不覺中成爲他永難抹滅的夢魘。

　　外表的傷勢痊癒之後，奇賓被送回皇家海軍服役，但他內心的創痕卻使他罹患了長期的憂鬱症。戰爭結束以後，經過了和官僚體系相當的奮鬥，奇賓終於爭取到回學校專攻藝術的機會，不過在就讀藝術學院的期間，他的憂鬱症也每況愈下，因爲他從前所熟悉的倫敦街道已變得滿目瘡痍，同時爲了半工半讀，他找到一份幫人收房租的差事，從而目睹了更多不幸的家庭和貧病交迫的生活困境。日本作家川端康成曾說：「藝術是苦悶的象徵。」這對奇賓來說毋寧頗爲貼切，兒時的記憶和成長的歷練固然提供他創作靈感的重要泉源，但他的繪畫也因此充滿了憂鬱、陰霾、詭譎、乃至變化多端的性格，或許正是奇賓精神境界的表徵吧？

　　這段時期的奇賓自認具有一種暴力傾向，後來並因此接受了六個月的心理治療，因為在藝術學院裡，奇賓認識了一位同樣以繪畫為職志的女孩芮奈（Renate），兩人很快論及婚嫁，但奇賓擔心自己的躁鬱情結可能會傷害芮奈，遲遲不敢步上結婚之路。傳記家馬丁（Douglas Martin）在《查爾斯·奇賓：插畫家的一生》（*Charles Keeping: An Illustrator's Life*）書中，曾記載了與芮奈的一次訪談，她說：

　　「（奇賓）很早就警告我，說他的精神不正常，後來也坦白說他雖然很想娶我，卻不能娶我，因為他很可能會殺了我！不過那時的我畢竟年輕、天真無邪，而且深深墜入情網，我相信我能使他康復，幫助他對自己的理智恢復自信。

　　（奇賓）其實相當幸運，因為他能透過繪畫表達自己的情緒。他早期的插圖，不僅題材本身非常暴力，連畫筆的實際線條也是如此；但他後來無論在線條上或性情上，都變得越來越細緻。

　　大部分的圖書館員都非常欣賞（奇賓的）作品，偶爾也會邀請他去做演講。他們那時多半都以為屆時出現的將是一個深沉、陰鷙、暴躁的畫家，可想不到所遇見的竟是那麼樣一個迷人、和善、幽默的人而喜出望外！」

由此看來，如果說愛情的滋潤是奇賓一生的第三個轉捩點，應當並不爲過。奇賓後來於一九五二年與芮奈締結連理，同年於藝術學院畢業，他們的第一個兒子強納森（Jonathan）則於一九五三年呱呱墜地。

爲了養家活口，奇賓取得藝術文憑後的第一份工作，是在報社和廣告公司擔任卡通插畫家，他承認這份工作使他學會「如何設計，以及如何吸引讀者的注意力」，因此宋珮在分析奇賓的畫風時，曾表示爲他「精心的整體設計，（以及）運用線條的技巧深深折服」。不過奇賓卻覺得商業藝術令他產生了「出賣靈魂」的困擾，於是從一九五六年起，他便放棄了報社和廣告公司的工作，開始從事有關平版印刷和石版畫方面的講學，並要求他的經紀人代他尋找爲書籍插畫的案子，而在幸運之神的眷顧下，機會在第二年即翩然降臨。

牛津大學出版社（Oxford University Press）當時正要推出沙特克里夫（Rosemary Sutcliff）的《銀色樹枝》（*The Silver Branch*），決定讓奇賓放手一試，而這本圖文並茂的作品問世後，摘下不少美國童書獎，因此沙特克里夫隨後的作品亦指定由奇賓插畫，成績斐然。到了一九六〇年代中期，奇賓除了持續講學外，也不斷爲各種童書及成人書畫插圖，其中包括許多有關維京人（Vikings）的故事在內。對於這點，在一九八三年的一場演講會上，奇賓曾笑說：「當時的我其實對維京人毫無概念，只好靠自己的想像力來發明。」孰料他的插圖居然大受歡迎，使他變成了英國維京人書刊最炙手可熱的插畫家！怪不得奇賓最後戲謔道：「我畫了無數的維京人插畫，到頭來連自己都變得像個維京人了。」

　　累積了數年成功的插畫經驗後，奇賓終於開始試著爲自己的故事配上插圖。他的第一本圖畫故事《史恩與馬》於一九六六年問世，敘述一個倫敦男孩的父親因爲生病，不得不賣掉拉車的老馬，於是史恩想出了一個辦法，請各個街頭小販共襄盛舉，大家湊足了錢，從馬販手裡救回了待宰的瘦馬，然後把牠還給他的朋友。雖然故事有點薄弱，但奇賓充滿活力的畫風卻立刻招來各界評論的熱潮，有些專家甚至擔心小朋友可能會因爲圖畫過於醜惡而受到驚嚇！不過在出版社的鼓勵下，奇賓創作不輟，總算在一九六七年以他的第三部圖畫書《查理、夏綠蒂和金絲雀》（*Charley, Charlotte and the Golden Canary*），贏得了英國童書大獎的肯定。這本書敘述兩個好朋友因其中一位搬家而分離，不過當查理的金絲雀逃走之後，卻飛到了夏綠蒂新家的窗台，使兩人再度聚首。簡單的故事溫馨感人，尤其是亮麗的插圖令人愛不忍釋，借用評審委員的話來說：「這是一本『感覺』的書，透過插圖傳達情緒、溝通感情，頁頁生輝！」

　　說穿了，其實我以爲奇賓正是一個「感覺」的創作者，而且他畫得比寫得更好，因此他自己創作的圖畫故事都是言簡意賅，以畫面爲故事的主體，有時更企圖完全避免文字，僅藉圖畫來傳達心思，譬如描摹火車旅程的《城市之間》（*Inter-City*），便是最好的例證。

　　直到一九八八年謝世之前，奇賓一生自寫自繪了二十多部兒童圖畫書，也曾爲超過兩百部以上的作品畫過插圖，題材包羅萬象，從神話故事、妖魔鬼怪、古典作品到詩歌等所在多有。他獨樹一幟的繪畫風格，隨著生命歷程和精神境界

的蛻變而一再自我突破，同時他對倫敦低下階層生活的關
懷，也使他的作品飽含人性的肌理，雖然終其一生，他的繪
畫和創作哲學曾一再引發童書評論人的激烈爭議，但這位堅
持原則且特立獨行的藝術家，無疑堪稱英國童書插畫界極具
原創性的一代大師。

巧譬善喻的說書人

　　最近朋友送我一本很好看的書——美國女作家黛安·艾克曼（Diane Ackerman）所寫的《艾克曼的花園》（*Cultivating Delight*）。這本書的英文版曾獲《紐約時報》（*New York Times*）二○○一年度好書大獎，朋友送我的則是中譯本，不過譯筆相當優美流暢，因此從來不特別愛好園藝的我，竟在不知不覺中，被書中所描繪的四季遞嬗與生活情境勾引得悠然神往，從而自忖應該也要多付出一些心力，好好兒照顧自家後院的小花園。

　　在欣賞這本書的同時，我發覺艾克曼其實是個挺愛吊書袋的作者，她在書中有一段引用了英國女作家拜雅特（A. S. Byatt，該書將之譯為「布伊特」）對小草的譬喻：「青草各有微妙的不同，就像同一個字的詞類變化。」可以說相當生動！然而真正讓我感到有趣的是，原來拜雅特和艾克曼一樣，也是一個愛書成癖的大書蟲，特別喜歡在作品裡引經據典。由此可見，作家在寫書之餘喜歡讀書，並且喜歡在自覺和不自覺間，動不動就拿出從前讀過的東西和讀者印證、討論，應該算是見怪不怪的習性吧？（所以説，如果有人也想拿「吊書袋」將我一軍的話，我可是先在這兒不打自招啦！）

　　拜雅特於一九三六年出生於賣座電影《脫線舞男》（*The Full Monty*）的故鄉——雪菲爾，父親是眾人景仰的法官，開來無事愛哼彌賽亞樂曲，並鼓勵全家人讀詩。身為長女的拜雅特，從小便在書堆裡長成，一家六口——包括父母親和兄

弟姊妹四人——全都是劍橋大學的畢業生，無疑書香門第。

　　拜雅特自承，打從她聽到父母親為她讀了第一個童話故事後，她就知道自己想要寫作，不過在劍橋攻讀博士的時候，她的指導教授卻很殘酷地告訴她：「親愛的，每個成績優異的年輕女孩都想寫小說，但沒有一個做得到！」所幸拜雅特並未因此而打退堂鼓，放棄了創作的理想，最後終於在一九九O年以《擁有權：羅曼史》（*Possession: A Romance*）一書，摘下布克獎桂冠，躋身當代英語文壇重量級小說家的行列。事實上，拜雅特的妹妹瑪格麗特‧卓布爾（Margaret Drabble），也是一位成名的作家，不過兩人之間的瑜亮情結由來已久，並不像十九世紀期間，另一個同樣來自約克夏（Yorkshire）鄉間的文學家庭——白朗特三姊妹那般手足情深。

　　對書籍和文學的狂熱，是拜雅特的創作泉源，心儀的作家名單簡直無窮無盡！她最愛的小說家是普魯斯特（Marcel Proust），接下來是巴爾札克（Balzac）、狄更斯、艾略特（T. S. Eliot）、湯瑪士‧曼（Thomas Mann）、詹姆士（Henry James）、艾芮絲‧莫達克（Iris Murdoch）、托爾斯泰（Leo Tolstoy）、杜斯妥也夫斯基（Fyodor Dostoevsky）……。而以拜雅特對想像之創造及再創造的擅長，她的作品顯然也反映出了寫作者本人對文學的上癮，例如在《擁有權》一書中，讀者可以在維多利亞後現代主義（Victorian postmodernism）的佈局裡，找到《法國中尉的女人》（*The French Lieutenant's Woman*）和布朗寧（Browning）的影子；在一九九六年出版的《貝柏塔》（*Babel Tower*）小說中，則可以見到當今語言學

大師瓊姆斯基（Noam Chomsky）的深遠影響。

拜雅特這種愛書成癖的性格，在二○○○年問世的《傳記家的故事》（*The Biographer's Tale*）裡，更可謂暴露無遺！本書和《擁有權》一樣，旨在探討對知識永無懈怠的追求與質疑，但同時也提出了對「傳記」的思考：傳記是一種平鋪直敘的體例嗎？或者只是一則想像的故事？小說一開始的前兩頁，拜雅特所引用的指涉幾乎到了令人嘆為觀止的地步：拉肯（Lacan）、科學怪人（Frankenstein）、佛洛伊德（Freud）、符寇（Foucault）、托爾金、艾略特、多納（Donne）和馬維爾（Marvell）……等。簡言之，這是一本蛀書蟲描寫如何讀書成癖的書。

她在二○○○年還出版了一本文學評論集——《歷史與故事》（*On Histories and Stories*），倡言「鼓勵良好創作，並使寫出好作品成為可能的最佳捷徑，便是培養良好的閱讀習慣」。

誠然，好作家幾乎全都是好讀者，而比拜雅特更好的讀者，恐怕寥寥無幾！拜雅特敏銳的觀察力，以及對天地萬物的好奇心，使她的文學評論充滿了令人驚喜的新鮮感，例如她在《歷史與故事》當中，以描寫女人的冰和玻璃意象為主題，巧妙地將莎士比亞的戲劇《冬季故事》（*The Winter's Tale*）、丁尼生（Alfred Tennyson）的詩作《淺攤淑女》（*The Lady of Shalott*），以及安徒生（Hans Christian Andersen）家喻戶曉的童話故事《白雪公主》（*Snow White*）和《白雪皇后》（*The Snow Queen*）完美地串聯了起來！同時這個串聯過程所

呈現出來的，並非一名讀者刻意在文字中尋找某種交集的機
械式努力，而是一個作家悠遊於豐碩的靈感寶庫中，信手採
拾恰當選材的自在，使讀者忍不住想與她漫步同遊。

　　值得一提的是，《歷史與故事》的靈感寶庫或許來自純
文學，但拜雅特平日汲汲營營所涉獵的題裁，卻絕不圍限於
此：科學、植物、生物、藝術和繪畫……，簡直是上至天
文，下至地理，無所不包（這一點倒是又和艾克曼頗有異曲
同工之妙）！而這些廣泛的知識和理解，也成爲拜雅特作品
不可分割的一環。舉例來說，在構思一九九三年的作品《天
使與昆蟲》時，拜雅特表示她僅以一個視覺印象爲起始點，
也就是想以螞蟻窩和維多利亞豪宅做對比，而在蟻窩的正中
心，則是一隻肥大的女王蟻，其生存的目的只在製造下一
代，因此作家也就找到了第一個小說問題：女王蟻究竟是權
力中心，抑或本能的奴隸？

　　此外，拜雅特的慧眼也看到了豪宅裡上下穿梭的女僕，
恰似螞蟻窩裡忙碌不息的工蟻，和她對維多利亞僕人生活的
了解不謀而合，於是當她再想到螞蟻窩內的交配倫理時，豪
宅裡發生的故事主軸也就隱約成形了！拜雅特進一步追溯
道：「接下來我又想到另一個隱涉：一個男人夢想要娶蝴蝶
爲妻，結果發現他所娶的竟是一隻女王蟻。達爾文的物競天
擇有此一說：物種原理往往促使人們以美貌，而非道德爲擇
偶的標準。我決定將這個隱喻放進來，因此這個男人是達爾
文學派的生物學家，女王蟻的父親卻是一名嚴厲的基督徒，
這樣一來，整個情節就自然而然組構起來了！」

從這裡，我們無意間發現了拜雅特的創作思路，和一般小說家的迥異之處：拜雅特小說所關心的，並非人物性格的塑造，而是故事、隱涉及寓意，而這固然是拜雅特作品反對者抨擊的主要焦點，卻也正是其擁護者所衷心讚賞的特色，恰如台大外文系教授朱偉誠在《中國時報》（12/5/2002）上所曾分析的：

「拜雅特簡潔清靈的文字……（使）原來看似不相干的習用語有了嶄新的面貌。這種『發現』讓表面上看來平板的描述驟成感情上的深度，……讓人無限驚喜地見識到拜雅特想像世界的奇幻瑰麗……。

拜雅特是如此擅於低調巧妙地營造哲思與道德的訊息，使得典故的運用變得自然而新穎。〈色芬山的蛇身女妖〉挪用了濟慈類似白蛇傳的故事長詩《蕾米亞》，……〈雅頌〉與〈耶穌在馬大與馬利亞的屋中〉……援引聖經舊約與新約的故事，其人生道德寓意卻清楚動人宛若新制。」

自從《擁有權》得獎之後，各種褒貶之辭對性格內向的拜雅特來說，似乎已經不再構成太大的問題。雖然《擁有權》的得獎本身，曾經引發布克獎評審團內部的高度爭議，但大獎的肯定畢竟使拜雅特獲得了重要的自信，因此當大西洋兩岸的出版社，一再懇求作家修改作品的走向，刪除對各種古詩、典故的引用時，拜雅特卻能有充分的自信堅持自己的風格。更重要的是，這份自信也改善了她和妹妹卓布爾的關係，使她們在多年的競爭之後，終於成了好朋友。不變的

是，拜雅特依舊內向，偏愛獨處，以書為伴，尤其多年之前，當她十一歲大的兒子意外喪生後，她已習慣在孤獨中尋找慰藉，即使她另外還有三名子女皆已長大成人，讓她得以享受含飴弄孫之樂。

　　身為學者、評論家及小說家，拜雅特的作品數量相當豐富，小說方面除了上述幾部之外，另外還有《日影》（*Shadow of the Sun*）、《遊戲》（*The Game*）、《花園中的處女》（*The Virgin in the Garden*）、《靜物》（*Still Life*）、《糖與其他故事》（*Sugar and Other Stories*）、《心靈激情》（*Passions of the Mind*），以及《莫提斯故事》（*The Matisse Stories*）等，最新作品《元素》（*Elements: Stories of Fire and Ice*）已在二○○二年由國內出版社引進。

溫文作家密斯翠

　　印度獨立五十週年時，美國《紐約客》（*New Yorker*）雜誌曾計劃在一九九七年五月底，邀請十一位印裔作者齊集倫敦，共同慶祝當代印度文學對世界的貢獻。沒有人（包括主辦單位在內）能夠說明為什麼《紐約客》邀請的是十一名作家，而非五名、十名，或者十二名，同時也沒有人（一樣包括主辦單位在內）能夠真的為當代「印度文學」或「印度小說」下一個圓滿的定義——事實上，受邀人士包括來自印度、斯里蘭卡、巴基斯坦和孟加拉等地的小說家，而且除了阿蘭達蒂・洛伊仍長駐印度之外，其他各人皆已移民國外！因此《紐約客》的小說編輯，最後乃採用了一個相當含混的名詞，統稱他們為來自「南亞」的作家。

　　不過，主辦單位雖然在活動人數和標籤上頗欠斟酌，出席者卻都無疑來頭不小，例如，賽司（Vikram Seth）和魯西迪（Salman Rushdie），均早已是國際文壇赫赫有名之士；洛伊當時剛以處女作《微物之神》嶄露頭角，隨後旋即以本書在同年度舉行的英國「布克獎」中一舉奪魁！可見能夠躋身這場盛會的文學俊彥，實無等閒之輩，而害羞內向的羅因頓・密斯翠，當時也便在這張頭角崢嶸的名單之中。

　　我第一次注意到密斯翠是一九九六年，當時他曾以《微妙的平衡》（*A Fine Balance*）一書問鼎布克獎寶座，勝算極高。這部長篇小說的背景設在一九七O年代中期的印度，戒嚴令的下達，使四個性格迥異的角色齊聚孟買，不可分割，

而作品的動人之處，則在對四人過往、家鄉及其生命悲喜的追溯中，刻劃出了豐富的人性，並深化了人際的互動與人生酸甜苦辣的微妙平衡。那年的布克獎最後頒給了史威夫特的《最後的安排》，然而溫文儒雅的密斯翠，卻已令人留下頗爲深刻的印象，同時在往後每年布克獎冠蓋雲集的頒獎晚宴上，我發現密斯翠頎長的身影，原來也已是常見的座上嘉賓。（請參閱拙作《英倫書房》中所收錄〈書海生輝布克獎〉一文。）

密斯翠的寫作生涯起步算是比較晚的，但他在國際文壇崛起的過程卻可以說相當快速。他於一九五二年出生於孟買的帕西族（Parsee），一個日益邊緣化的少數民族，全球人數不到一百萬，其中有七萬人住在印度，而這當中又有一萬兩千人住在孟買。密斯翠於一九七四年自孟買大學數學系畢業，一九七五年移民加拿大並和大學時代的戀人芙蕾妮（Freny Mistry）結婚，此後兩人便一直定居於多倫多。

住在加拿大的頭十年，密斯翠是一名兢兢業業的銀行職員，爲了使平靜無波的生活增添一些色彩，他和芙蕾妮在任職公司的資助下，於一九七八年進入多倫多大學攻讀第二個學士學位，直到這時密斯翠才勇於以興趣爲依歸，選擇了英文哲學系，並於一九八二年開始嘗試撰寫短篇小說。兩年之後，密斯翠從多倫多大學畢業，隔年離開了任職十年的銀

行，再隔了兩年（亦即一九八七年），他的第一部短篇小說集
──《來自費洛沙巴的故事》（*Tales From Firozsha Baag*）
──終於問世，並在加拿大文壇掀起了一陣騷動，獲得不少
文學獎的肯定，令密斯翠信心倍增，決定開始將注意力放在
長篇小說的構思上。

截至目前為止，密斯翠共出版了
三部長篇小說，每一部都備受英國布
克獎評審團的青睞，三度入圍決選名
單，足見功力不凡！他的首部長篇創
作是一九九一年的《漫漫長路》
（Such A Long Journey），靈感來自一
九七一年間，他聽到家鄉親友轉述一
名帕西少校盜用銀行款項，支持東巴
基斯坦反抗運動的行徑，這件事引起
帕西族人相當大的震撼：「一個帕西
人怎麼可以做這種事？」於是密斯翠在書中便以這項傳聞為
經緯，探討印度族群的問題。本書最後雖與布克獎失之交
臂，卻是作家躍升國際文壇的跳板，摘下英、美、加地區數
座文學獎盃，奠定了日後聲名的基礎。

前已述及的《微妙的平衡》，是密斯翠的第二部小說，同
樣為他抱回了林林總總的文學獎項，甚至受到美國脫口秀天
后歐普拉‧溫芙瑞（Oprah Winfrey）的賞識，在二○○一年
被選為電視「讀書俱樂部（Book Club）」的討論焦點，成為
該俱樂部歷年來所推薦的第二部非美國作品，而在溫芙瑞巨
大的影響力之下，密斯翠也終於因之走進了暢銷書作家的行

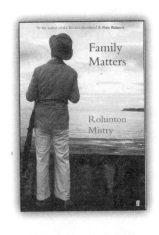

列。

　　至於他的新作——二〇〇二年問世的《家務事》，背景仍舊設於孟買，述說了一個龐大印度家族的歷史，充滿了疾病、貧窮、背叛和秘辛。密斯翠反用托爾斯泰在《安娜卡列妮娜》（*Anna Karenina*）小說中的開場白：「每一個幸福家庭，都有自己幸福的方式，但所有的不幸家庭，卻都彼此相似。」他在《家務事》中所刻劃的不幸家庭，揭露了生活運轉的無奈與壓力，以及凡夫俗子日常面臨的各種誘因，其所謂的相似之處，可以說便是每個家庭在遭遇挫折時所不得不做出的犧牲、妥協與調適。（請參閱本書〈「布克獎」到「二〇〇二曼布克獎」〉一文。）

　　密斯翠的創作泉源無疑來自他的故鄉，不過他最嚴厲的抨擊者，也往往來自孟買，指責他筆下的家園有如鏡花水月。密斯翠的弟弟西洛斯（Cyrus Mistry），認為他的小說「雖都是有關帕西族的故事，但他所描寫的，毋寧是一個正在消失中的世界」；另一位來自孟買的小說家干達維亞（Firdaus Gandavia），措詞更不客氣，指謫密斯翠仍滯留於一九七〇年代的印度，難怪他的小說和當今的孟買居民根本完全脫節，遙遠而不相干。

　　密斯翠本人坦承，他所描寫的孟買都是根據事實而來，

只不過他也不諱言那確是一個消逝的年代，消逝的城市。他指出，一九七五年的孟買人口還不到現在的一半，今天的孟買實已出現了二、三十年前所難以想像的轉變，如果他未曾離開老家，他自然會和其他一千四百萬居民一樣，在不知不覺中學會調整自己的步伐，但問題是他已離家二十七載，現在每當回到孟買，他都覺得自己像久未訓練的馬拉松選手突然被丟進賽場，方寸大亂！因此他坦承，他並不企圖討論孟買的現狀，他真正想寫的，終究還是自己最熟悉的一切，也就是他尚未離開以前的人、事、物。

　　這種對過去的理想化及再創造，是許多移民作家普遍的手法，透過兒時敏銳的觀察和精準的記憶重現，將已逝的歲月美化為童年的天堂樂園，難怪也有文評家喜歡將密斯翠的印度，比擬為納博寇夫（Nabokov）筆下的俄羅斯。其實，密斯翠的長篇巨著一貫秉持悲苦的基調，但在小說人物遭遇了一連串的橫逆和打擊之後，作者字裡行間之所以仍能透出一絲絲對生命的喜悅，以及對人性的信心，或許這種「時空的距離」有其必要性吧？

作家生命的交會

　　許多小說家都喜歡以「作家」這個身分為自己書中的主要人物，美國作家約翰・爾文（John Irving）應是其中最突出的例子，在我的印象裡，他長篇小說中的主角好像沒有一個不是作家：在《加爾珀的世界》（The World According to Garp）裡，母子兩人都是成名作家；而在《一年寡婦》（A Widow for One Year）裡，更是一口氣出現四個大作家，包括父、母、女兒和家庭第三者在內。

　　此外，以《盲眼刺客》摘下二○○○年布克獎桂冠的加拿大女作家瑪格麗特・愛特伍，也以一名年邁的女作家為《盲》書的敘述者，敘述她的妹妹出版了一本命名為「盲眼刺客」的暢銷小說；英國作家麥克伊溫在二○○一年入圍布克獎的佳作《贖罪》，同樣是利用一位女作家的告白做為故事的主軸。這或許是因為小說家畢竟對自己的「職業」最熟悉，因此賦予書中人物「作家」的身分，毋寧有著某種實際上便利性的考量，而非刻意將自己塑造成小說中的主角，也因此整體而言，這些作家筆下虛擬的作家，通常和創作者本身具有很大的差異性──包括性別的差異、性向的差異、生命史的差異等。

　　不過，著名的加拿大女小說家卡洛・席爾絲在二○○二年推出的長篇小說《除非》，以一名女作家做為全書敘事者的手法，其意義卻和上述各例明顯不同──虛擬的角色似乎恰是席爾絲所刻意選擇的代言人，反映了她對個人創作歷程的

全盤省思。（請參閱前文〈「布克獎」到「二○○二曼布克獎」〉。）

席爾絲在一九三五年出生於美國芝加哥，一九五六年到英國遊學時，認識了她的先生唐（Don），婚後兩人定居於唐的故鄉加拿大，育有五名子女，成為自己所形容的「典型女人，典型的家庭主婦，一個活數據」，因為她對生活的祈求，只不過是小孩、冰箱和汽車等平凡事物組織而成的平凡生活。但除此之外，席爾絲不僅是一個筆耕不懈的創作者，事實上她也是溫尼培格大學（University of Winnipeg）的榮譽校長，並曾任教於曼尼托巴大學（University of Manitoba）文學系，最熱愛的作家包括了喬治‧艾略特、葛林（Graham Greene）、吳爾芙和奧斯汀等多人在內。

在一九七六年出版了第一部小說《小儀式》（*Small Ceremonies*）之後，席爾絲又陸續發表了四部小說，但直到《金石記》（*The Stone Diaries*）於一九九五年獲頒美國「普利茲獎（Pulitzer Prize）」，這才成為國際文壇閃亮的巨星，接下來又以《拉瑞的舞會》一書，在一九九八年的英國「柑橘小說獎」中封后。（請參閱拙作《英倫書房》所收錄〈柑橘獎風暴〉一文。）

《金石記》描寫了黛絲‧古德威‧夫萊特（Daisy

Goodwill Flett)的一生,一個回首前塵擁有諸多遺憾的女人,包括不曾聽到有人親口告訴她「我愛妳」。《拉瑞的舞會》則是席爾絲唯一一部以男人做為敘事觀點的小說,刻畫了一個花店主人如何變成迷宮專家的故事,意在探討身為二十世紀的男人,究竟是怎麼一回事的問題。席爾絲追述,為了使拉瑞具有可信度,她和每個認識的男性親友都做了深度長談,發現他們泰半對她的問題錯愕不已,但同時也感到很大的抒解,因為大部分的男人彼此之間,很少有機會進行心靈的交流。

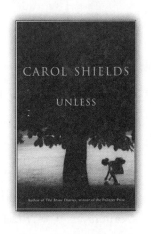

　　席爾絲的作品向以描寫「平凡婦女」見長,她曾多次在不同的訪問中表示,她之所以開始寫小說,便是因為在其他小說裡找不到自己所熟悉的女性人物所致:「小說裡的女人,往往不是美而愚蠢,就是蛇蠍心腸!」因此在席爾絲的筆下,我們看到的總是對凡夫俗女的勾勒,瑣碎的家庭生活,以及對「圓滿結局」的嚮往。她說:「我很少在一般小說裡看見中規中矩的人物,為什麼呢?很多作家對普通人好像都沒有信心,但我相信人性。」

　　然而,席爾絲本人及其作品所呈現的「女人味」,固然為她吸引了廣大的讀者群,卻也經常招致「格局窄小、視野狹隘」的抨擊,指摘她的小說太日常、太平靜、太規律、太「女性作家」。席爾絲坦承,她曾經對這種譏諷很不以為然,

認為自己是以描寫「人」為職志,而不只是「女人」而已!
但她說她逐漸地已經不再為「女性作家」的歸類而憤慨,因
為她後來發現,願意讀書的人多半還是女人!至於某些文評
家將之與十九世紀作家珍·奧斯汀相提並論,則使她深感與
有榮焉。(請參閱前文〈都是奧斯汀惹的禍?〉。)

　　自從於一九九九年診斷出罹患癌症以來,席爾絲幾經治
療都無法阻擋癌細胞的擴散,不過在病魔的糾纏之下,作家
依舊寫作不輟,隨後幾年間又出版了一部短篇小說集——二
○○○年的《為嘉年華裝扮》(*Dressing Up For the
Carnival*),以及二○○一年的《珍·奧斯汀傳》(*Jane
Austen*),評價都很高,而二○○二年問世的《除非》,更廣
受大西洋兩岸文壇的肯定,咸認是席爾絲寫作生涯中最艱
深、晦暗的嘗試。本書是作家在精力尚存的七個月裡所寫
就,書成之後不久,席爾絲的病情每況愈下,但她仍堅持在
能力所及的範圍內,保持每日一貫的書寫和閱讀作息,直到
二○○三年七月十六日謝世為止。

　　《除非》的故事敘事者是女作家麗塔·溫德斯(Reta
Winters),其寫作風格及人生觀都和席爾絲本人有許多雷同之
處。麗塔對自己的期許,是希望能寫出令人感到猶如「春風
送暖」的小說,不過在創作之餘,她也從事翻譯,正將法國
女性主義作家威斯德曼博士(Dr. Danielle Westerman)的回憶
錄翻成英文。麗塔認為威斯德曼的作品經常具有出人意表的
挑戰性,不過這位飽受愛戴的女作家一生未婚,而麗塔本人
則有一個表面上相當美滿的家庭——一位日漸禿頭但魅力不
減的伴侶,三位正值青春期的女兒,其中長女諾拉(Norah)

更是一位人見人愛的資優生。

藉由對麗塔和威斯德曼的彼此烘托，席爾絲在書中進行了對女性作家小說潛力的探索，同時她也藉由麗塔的觀照，提出了對男作家筆下女性角色的質疑。

席爾絲在二〇〇二年間接受英國記者的訪問時回憶道，她曾在作家喬治・史坦納（George Steiner）的演講會上，詢問史坦納對當今女作家有何看法，結果史坦納嗤之以鼻，表示二十世紀並未出現任何女作家，只有在十九世紀時出現了一、兩個；而在另一位成名男作家馬丁・艾米斯（Martin Amis）的演講會上，她也聽到了類似的結論，使她頗覺心寒。因此在《除非》中，我們讀到麗塔所寫的幾封未寄出的信，信中內容可以說便是對史坦納和艾米斯看法的反擊：「一個作家如果喜歡快樂的結局，通常很難被接受爲嚴肅作家。……男作家描寫凡夫俗子，多被形容爲細膩、感性；但如果女作家描寫平凡人物，卻總被斥爲瑣碎的『主婦小說』。這些都只能說是文學界不自覺的偏見吧？」

《除非》書中一個非常重要的轉捩點，是當麗塔發現諾拉在原因不明的情況下，忽然搬出大學宿舍，開始在街頭乞討，不說、不聽也不動時，麗塔平靜的世界瞬間瓦解，迫使她重新思考「幸福」的意義，以及親情、友情乃至人與人間的關係。面對諾拉的絕對孤寂，麗塔接受了威斯德曼學派的部分詮釋——由於諾拉體認到，自己將永不可能迄及女性主義所宣揚、追求的生命眞義，因此她完全失去了繼續前進的動力；但在另一方面，麗塔相信此一解析很可能只是眞相的

片面。她發現太多人經常一心專注於重要的思想，卻忽略了日常生活已經瀕臨支離破碎的邊緣——對於諾拉的崩潰，她認為這或許是更貼近事實的理解。

　　席爾絲對「女性主義」的私下定義是：「女人（也）是人（Women are human）。」於是我們在席爾絲人性化的作品中，一再受到平凡生命悲喜的感動。某些論者曾經批評席爾絲「不擅於描寫悲傷」，但在《除非》裡，她不僅帶領讀者走上了悲傷、恐懼的路途，也使我們看到了對愛的信仰，以及希望和智慧。

情繫愛爾蘭

　　有閒讀書，真是人生一大樂事！除了因為讀好書本身的
樂趣之外，也因為過了一段時日後，每當發現熟悉的作者又
出了新書時，心底竟會油然升起一股重遇故知的溫馨之感，
又或者在毫無準備的情況下，忽然被素昧平生的作家所深深
打動時，也經常會使人產生一種結交了新朋友的喜悅之情。

　　對我來說，向以文風抒情、手法大
膽而聞名的愛爾蘭女作家艾德娜・歐布
萊恩（Edna O'Brien），便是這樣的一個
「新朋友」，由於她在二〇〇二年春天所
推出的小說新作《森林內》（*In the
Forest*），再度引發了英語文壇的激辯，
我這才頭一次注意到了這麼一號人物！

　　自從在一九六〇年代期間陸續完成
了「鄉村女孩三部曲（*The Country Girls
Trilogy*）」，從而享譽英語文壇以來，歐布萊恩的每一部小說
幾乎都備受爭議；她的作品主要處理了童年和性愛的議題，
充滿了激情、渴望，以及對女性情慾的坦率描寫，使她的小
說在愛爾蘭一律被列為禁書，但她在英、美兩地卻都擁有相
當廣大的讀者群。

　　歐布萊恩在一九三六年出生於愛爾蘭克萊爾郡（County
Clare），小學畢業之後，在天主教修道院接受了五年的教

育，而這種封閉的鄉村生活，以及修院學校嚴肅的教育背景，對她的寫作生涯產生了深遠的影響：處女作《鄉村女孩》（*The Country Girls*）於一九六〇年問世，書中以害羞的凱特（Kate）和叛逆的芭芭（Baba）為女主角，兩人都是在愛爾蘭貧困鄉下長大的年輕女孩，企圖掙脫傳統社會與修院學校強加於她們身上的束縛；接著歐布萊恩又以類似主題寫下了一九六二年的《寂寞女郎》（*The Lonely Girl*），以及一九六四年的《婚姻幸福的少女》（*Girls in Their Married Bliss*）等兩部續集。歐布萊恩坦承，這「三部曲」所帶有的自傳性色彩，不僅來自她本人的經驗，也來自她對浪漫的憧憬，以及對愛爾蘭現實的不滿。

不過，《鄉村女孩》雖然為歐布萊恩帶來了事業上的成功，卻讓她在私人生活方面，付出了相當大的代價：克萊爾郡鄉人（包括她的家人在內），對本書大為憤恨，指責她對愛爾蘭女性惡意抹黑，並在教堂空地舉行了焚書儀式。歐布萊恩回憶道，《寂寞女郎》出版之後，鄉人的反應更加激烈，她的母親甚至用墨水圈出了書中每一處不當用字，刻意使她難堪！而弔詭的是，她在作品裡所想要反抗的，其實正就是這種故步自封的思想態度，以及令人窒息的「道德標準」。

除了「鄉村女孩三部曲」之外，歐布萊恩的其他小說亦一貫以愛爾蘭的黑暗面為素材，例如，在一九七〇年出版的《異教之地》（*In a Pagan Place*）當中，作家將背景放在童年時的愛爾蘭，述說了一個鄉下少女如何被神父引誘的故事；在一九七七年完成的《強尼，我幾乎不認得你》（*Johnny I Hardly Knew You*）小說裡，歐布萊恩將受害者與加害者的角

色對調,故事中的女主角因著過往被愛背叛的經驗,結果變成了一名復仇者,謀殺了她的年輕戀人。歐布萊恩表示,她相信小說家應該扮演社會的良知,因此她的作品總是反映愛爾蘭社會醜惡的一面——不僅因為那是她所熟悉的愛爾蘭,更重要的是,因為她知道這些醜惡的面向至今依舊存在,她無法故意視而不見。

在撰寫小說之餘,歐布萊恩也創作了不少劇本、童書,以及討論愛爾蘭問題的論文集,其中於一九七六年問世的《母親愛爾蘭》(Mother Ireland)一書裡,包含了七篇自傳式的散文,交織了歐布萊恩的個人史,以及愛爾蘭的當地風俗與古老傳說;一九八一年的《維吉尼亞》(Virginia)是以吳爾芙為主要人物的劇本,呈現了這位英國女性主義作家軟弱的一面,描寫她對溫情的需求;一九九九年的《詹姆士與娜拉》(James and Nora),則是對愛爾蘭文豪喬哀斯(James Joyce)婚姻生活的追述。

事實上,歐布萊恩對喬哀斯有著極深的認同,她表示,她在克萊爾郡的時候,並沒有機會接觸任何文學作品,直到一九四O年代末期到都柏林(Dublin)半工半讀時,無意間買到了一本喬哀斯作品摘要選集,這才得窺文學殿堂的一隅,使她知道自己酷愛「故事」和「語言」,決心追求文學生涯,並從此成為了喬哀斯的忠實讀者,耗費了大量精力為這位偉大的愛爾蘭作家寫傳。

如果說「愛爾蘭」是歐布萊恩小說的第一個共同特色,那麼第二個特色,便是它們同時也都以女性的苦楚為焦點。

　　歐布萊恩筆下的多位女主人翁都有慘痛的經歷，是成長過程及破裂婚姻的受害者，而她的男主角則多有暴力、懦弱，或不忠的傾向。舉例來說，一九九二年上市的《光陰與海潮》（Time and Tide），女主角便是一位定居於倫敦的愛爾蘭編輯，擁有性虐待狂的丈夫，故事情節主要環繞於她對愛與婚姻的失望；一九九七年推出的《河邊》（Down by the River），是由一則在一九九二年發生的真實事件發展而來，書中女主角為十四歲的少女瑪麗（Mary），因被鰥居的父親強暴而懷孕，瑪麗企圖自殺獲救，好心的鄰人貝蒂（Betty）帶瑪麗到英格蘭進行合法墮胎，但在手術開始之前，瑪麗卻被迫回到了家園，成為愛爾蘭墮胎合法化問題的爭議焦點，可是劍拔弩張的辯論固然毀了瑪麗的一生，墮胎問題的燙手山竽卻終究在愛爾蘭本土毫無結論。

　　於二〇〇二年出版的《森林內》，同樣承襲了歐布萊恩心之所繫的愛爾蘭，主題晦暗而文字瑰麗。書中所敘述的雖是虛構的人物與情節，作家所採用的故事主軸，卻是一九九四年間真實發生於克萊爾郡的凶殺案：一位年輕母親、她的幼子，以及一名神父，均被謀殺於森林之內，兇手則是當地一名患有精神分裂症的年輕男子。歐布萊恩指出，這是一個發生於「原始」社會的「現代」故事，她在書中想要突顯的即是「恐懼」的面貌。

　　小說中的女主角愛麗・雷恩（Eily Ryan），是一位不食人間煙火、天真無邪、離群索居的單身母親；兇手米契恩・歐肯（Michen O'Kane），是一名因自小受神父虐待及少年犯輪姦而具有雙重性格的精神病患。整部小說最大的動力，來自

愛麗與米契恩的互動關係，而歐布萊恩毫無保留的文字技巧，無形中使最後結局變成一樁從一開始即等著發生的血腥慘案，人間悲劇可怖的陰影歷歷在目。

著名的愛爾蘭劇作家品特（Harold Pinter），以及美國小說家羅斯（Philip Roth），共同推崇《森林內》為大師級作品，大西洋兩岸的許多文評家也公認，本書堪稱歐布萊恩的登峰造極之作，只不過這些美譽仍都無法使本書逃離在愛爾蘭被禁、被焚的命運，同樣的，作家也依舊每天收到來自家鄉讀者的恐嚇黑函。

歐布萊恩於一九五四年夏天，嫁給了旅居愛爾蘭的捷克作家蓋伯樂（Ernest Gebler），婚後兩人遷居倫敦，育有一子，現亦已是成名作家。不過回顧當初歐布萊恩的作家生涯開始起飛時，比她年長甚多的蓋伯樂卻每況愈下，因此在小蓋伯樂於二〇〇一年出版的《父親與我》（Father and I）書中，便提及了蓋伯樂曾如何強硬要求歐布萊恩把出版社支票改到他的名下一事，結果歐布萊恩雖然同意了，卻也導致了兩人婚姻的破裂。

再度單身的歐布萊恩仍然住在英格蘭，並曾獲得無數文學獎的肯定，包括一九六二年的「金斯利艾米斯小說獎（Kingsley Amis Award for Fiction）」、一九七一年的「約克夏郵報小說獎（Yorkshire Post Novel Award）」，以及一九九〇年的「洛杉磯時報好書獎（Los Angeles Times Book Prize）」等。歐布萊恩自承，她的作品不僅受到宗教和雙親（尤其是母親）很深的影響，更受到「地方」的影響極鉅；克萊爾郡

不僅是她作品中重要的一環，她的作品也已成爲克萊爾郡不可分割的一部份——在她的每一部作品裡，對克萊爾郡本身的刻畫，簡直和故事中的人物一樣鮮明、強烈。歐布萊恩相信自己和喬哀斯一樣，雖然「人」的實體已經不在愛爾蘭，精神和心靈上卻從未眞正離開過，因此她筆下赤裸裸的愛爾蘭社會，才會眞實得令愛爾蘭人難以接受。

來自加拿大的多面夏娃

屈指一算，我在這本書裡已經花了不少篇幅談論三位來自加拿大的作者——二〇〇二年布克獎得主馬特爾、印裔作家密斯翠，以及寫出了《除非》的席爾絲。

不過本文所想推介的加拿大作家，更是我心目中最具份量的一位——瑪格麗特・愛特伍。許多文評人推崇愛特伍的作品讓加拿大文學「脫胎換骨」，不再被視爲美國文學的附庸，從而幫助加拿大的文學創作者對自己的國家和文化產生信

瑪格麗特・愛特伍（1996），
Andrew McNaughton攝影，
Bloomsbury 出版社提供。

心，同時愛特伍也不斷以質、量、題材和文體皆豐富異常的作品打頭陣，爲該國其他小說家在美國和歐洲文學市場鋪路，英國著名的「黑文學節（Hay Literary Festival）」主辦人佛羅倫斯（Peter Florence）更一再表示，愛特伍是當今尚未獲得諾貝爾文學獎的最偉大作家——在我看來，這些讚美之辭眞是一點兒也不爲過！

愛特伍在一九三九年十一月十八日出生於渥太華，向以技巧圓熟、思

慮縝密、深富智慧及原創性等質素享譽英語文壇。她的十一部長篇小說之中，已有四部先後入圍了英國布克獎：一九八六年的《使女的故事》（The Handmaid's Tale）將背景設於未來，在這個企圖以「道德」和「信仰」創造完美烏托邦的世界裡，處處充滿了暴力、恐懼、未知和失落，女人在這裡完全是男人的附屬品，被迫必須為沒有子嗣的有權階級生育下一代，但愛特伍竟仍能在氣氛如此緊繃、詭異的虛構國度裡，精采刻畫出女人之間微妙的感情與關係，因而獲得了布克獎評審團的青睞。這本書可以說締造了愛特伍寫作生涯的重要高峰，不僅被視為女性主義對兩性戰爭深思熟慮的貢獻，某

些評論家至今也仍一口咬定這是愛特伍截至目前為止最好的作品，二〇〇三年間本書甚且被改編成歌劇於倫敦上演，深獲好評，可見《使女的故事》無論得獎與否，絕不容等閒視之！

　　至於一九八九年的《貓之眼》（Cat's Eye），則以出人意表而又令人驚恐的手法講述殘暴的童年經驗，鮮活地塑造了一位因兒時備受欺侮而癱瘓的女郎伊蓮（Elaine），再次進入布克獎的決選名單；一九九六年的《化名葛麗絲》（Alias

Grace），是以一八四O年代間，震驚大西洋兩岸的一樁謀殺
凶案為主軸，深入探索潛意識世界，進而追溯人性善惡的根
源，三度問鼎布克獎寶座＊；而在三番兩次和大獎失之交臂
後，時值新、舊世紀之交，愛特伍總算以愛恨情仇綿密交織
的《盲眼刺客》，實至名歸地受到布克獎光環的禮讚。

　　《盲眼刺客》是愛特伍寫作生涯
的另一個高峰，也是我近年來最難忘
懷的小說之一，優美的文字所刻畫出
來的視覺意象，是如此鮮明地烙印在
讀者的腦海裡，甚至能讓讀者的肌膚
也產生「盲眼刺客」手指靈敏觸摸的
錯覺，而殘酷美學的虛幻場景，更可
以令人感動得流下淚來！難怪本書在
二○○○年摘下布克獎桂冠之後，隔
年也擠進了「柑橘小說獎」的入圍名
單，雖然最後以些微差距鎩羽，但同一年間卻獲得了「推理
作家國際協會（International Association of Crime Writers）」的
最高榮耀，於「血書晚宴（Bloody Words Banquet）」上獲頒
「達希爾漢密特獎（Dashiell Hammett Award）」。除此之外，
《盲眼刺客》更是加拿大書店協會（Canadian Booksellers
Association）讀者票選二○○一年最受歡迎的創作小說，中
譯本亦已在二○○二年於國內問世。

　　然而愛特伍並不只是一位成功的小說家而已，她同時也
是詩人、散文家、文評家、童書作者兼劇作家，著作範圍之
廣與作品數量之豐，簡直令人嘆為觀止。當她在二○○三年

六月初來到諾丁罕演講時，我估量她的身高約在一六O公分以上，心想如果讓她站在過去三十年來所發表的各種詩集、童書、社會歷史研究、長短篇小說及文學評論上，那麼無論就象徵意義或實質意義來說，愛特伍都稱得上是位令人仰之彌高的文學巨人！其中，「詩」可以說是愛特伍探索「語言文字」的重心，而「小說」則是她世界觀的寫照。

愛特伍的父親是一位森林昆蟲學家，母親是位厭惡一般家務及午茶聚會的家庭主婦，兩人都喜歡離開文明社會越遠越好，因此從六個月大開始，愛特伍便經常隨同父母到父親位於魁北克的森林研究室，過著離群索居的日子，她說：「加拿大北方的自然景色，就這麼成了我心靈的故鄉！」而檢視她日後的諸般作品，隨處可見對昆蟲、細菌、螞蟻……的生動描繪，顯然是來自年少時期森林生活的深遠影響。

此外，在沒有戲院、電影、遊行、人煙，乃至功能良好的收音機的情況下，書籍自然變為全家人的最佳伴侶，尤其因為她的母親受不了吵鬧，而專心看書的小孩往往是最安靜的小孩，所以在母親的熱切鼓勵下，愛特伍自承從小就愛書成癖，甚至打從九歲起，她便開始自己學著製造手工書，做為贏得女童軍獎章的手段。她筆下的許多小說主角，都曾經歷在深山曠野「出世」的「非理性」階段，然後回歸人群過著「入世」的生活，似乎恰是愛特伍心路歷程的投影，因為成年後的愛特伍，成為非常積極的行動派，而非躲在象牙塔裡純粹「坐而言」的夢想家。

由一個不食人間煙火的少女，到成為一位言詞犀利、充

滿活力的實踐者,最能鮮明反映出這個重要轉捩點的,應該是愛特伍無意間所曾透露的一段往事:在她十六歲那年有天回家的路上,忽然靈光乍現,寫了一首詩,從那時候起,她就知道自己一生的職志在寫作,於是不久後的一天中午,她和許多高中女友一起吃飯時,大聲宣佈自己將來要成為一個作家,結果朋友們頓時鴉雀無聲,幾乎連針掉到地下都聽得到!多年以後,當時在場的一名女友向愛特伍重提往事,說她當時實在驚異得說不出話來,因此愛特伍好奇地問:「為什麼?因為我想當一個作家嗎?」女友說:「不是,而是妳竟然有勇氣這麼大聲說出來。」我想,這份令朋友們驚羨的勇氣與執著,可能便是燃燒著愛特伍勇往直前的動力,促使她從多倫多大學文學系畢業之後,隨即前往美國哈佛大學攻讀博士,研究十九世紀英語文學,並在這段期間開始積極提筆寫詩。

誠然,在一九五〇年代的加拿大,想要成為一個「作家」的這個念頭本身,就已需要莫大的勇氣,因為當時的加拿大文學市場只有兩種人:已經過世的英國作家,或者是年邁的美國作者。因此綜觀愛特伍各式各樣的作品,我們便不難發現她對加拿大國家文化的關注,例如她在一九七二年所發表,專門探討加拿大文學的論文('*Survival: A Thematic Guide to Canadian Literature*'),以及在同年所出版,以「美國VS.加拿大」為題材的第二部小說《浮現》(*Surfacing*),便都是從追尋加拿大認同的過程中,企圖樹立自我定位的努力;此外,愛特伍不僅曾經擔任前衛雜誌的編輯與政治插畫家,也曾挑起加拿大作家聯合會(Writers' Union of Canada)副主席

的大樑，深深投入加拿大國家文化的建設運動。愛特伍指出：「一九六、七〇年代間，加拿大文學界開始體認到創造加拿大文學的必要性，因此到處瀰漫著一股令人振奮的蓬勃朝氣！由於我們沒有傳統的包袱，大家都是從頭開始的先驅者。」

悠遊於多重文學體例之間，愛特伍對她所要表達的思想，以及如何表達的問題，有著日益深厚的掌握。她在一九七〇年代初期發表的小說《可吃的女人》（*The Edible Woman*），是最早探討厭食症的文學作品之一，從而使她被視為加拿大女權運動的舵手，而女性主義雜誌發行人波伊考特（Rosie Boycott），更相信愛特伍對全球的女性文學都有一定的影響力，因為「愛特伍的創作勇氣，不斷將女性書寫推向更高的境界！某些女作家只能看到生活中極小的片面，可是愛特伍的作品卻總能觀照更深廣的層次，描摹更大、更重要的背景。」以《盲眼刺客》為例，中山大學外文系教授張淑麗在《中國時報》（24/3/2002）的評介專文中便說得很好：

「《盲眼刺客》的情節錯綜複雜卻又層次分明，……嚴格而論，所謂的《盲眼刺客》指的是三則皆以『盲眼刺客』為名的故事，而這種雙線平行卻又相互為指涉的書寫模式，使得愛特伍……超越她平常關心的女性議題，放大議題的層次，而同時探討權力的運作，檢視權力凝視下弱勢團體的各種逃逸路線。更重要的是，這種書寫模式使得愛特伍除了藉由文字凸顯性別與階級政治的狼狽為奸之外，更得以回歸文字的本質，嚴肅檢視文字的功能與極限、美學與政治的關

係。」

　　由此可見愛特伍是一個多麼嚴肅的作家！不僅對世界與生命有嚴肅的看法，對文學創作具有嚴肅的使命感，也對作家的身分有著嚴肅的自我要求。不過話又說回來，嚴肅歸嚴肅，愛特伍自有其獨特的幽默感，因此她的作品才不致拒人於千里之外，例如，她的好友賓里（Xandra Bingley）便曾提過一段軼事趣聞：有次愛特伍和她去看歌劇《波希米亞人》（La Boheme），當女主角咪咪（Mimi）最後撒手人寰時，她和大多數的觀眾都哭得像個淚人兒，但愛特伍卻突然道：「現在我終於想起來，為什麼我當初不想變窮了！」讓賓里忍不住破涕為笑。

　　成名之後的愛特伍經常應邀為個人的政治信念及對女權運動的看法發表意見，但她坦承，身為一名創作者，她的首要職責是要忠於自己的藝術。以發表有關反種族歧視的演說為例，愛特伍認為演說的目的很明確，是要把自己反對的理由說清楚；但寫小說的時候，目的卻不是要讓讀者在看完之後去投票，因為真實的人生更複雜許多，「真相」經常是多重觀點的綜合體！在她二○○二年問世的

瑪格麗特・愛特伍近影，蔡明樺攝影2003年・諾丁罕

《與死者對話：作家談寫作》（Negotiating with the Dead: A Writer on Writing）評論集中，她坦承當自己年輕的時候，曾經相信「非小說」的創作即是「真相」的陳述，但後來卻發

現，一九二〇年代所寫的歷史書籍，跟一九九〇年代出版有關同一時期的歷史作品很可能大相逕庭，原因往往並不在於有人故意扯謊，只因為「真相」並非唯一所致。不過愛特伍同時也語重心長地指出：「儘管如此，這並不表示『事實』不曾存在，而這些矛盾便都是作家所必須面對的課題。」

由這段談話延伸出來，我們確然發現在愛特伍的作品當中，除了對加拿大國家文化的熱情之外，也有幾個一再重複的重要主題：對真相的追求，以及對「受害者」概念的探究，使《貓之眼》中的小女孩全然不符傳統小說的甜美形象，並使《化名葛麗絲》模糊了受害者與加害者的界線，達到了令人目眩神迷的效果；對人權與創作自由的堅持，則不僅對她的詩集和小說都產生了強烈的影響，也使她成為國際特赦組織（Amnesty International）的活躍份子，敦促她毅然負起「詩人、散文家、小說家（Poets, Essayists, Novelists，簡稱PEN）」國際組織加拿大分會會長的職務，以協助世界各地備受政治壓迫的作家為奮鬥目標。

自從一九六〇年代中期於文壇崛起之後，愛特伍以她對人性的深刻觀察擁抱了全球讀者，並帶領愛書人走進了加拿大的文學天地。她在一九六七年嫁給了美國作家波克（James Polk），但兩人只維持了五年的婚姻關係；過去三十年來，愛特伍的生活伴侶是吉卜森（Graeme Gibson），也是一位作家。愛特伍在二〇〇三年完成的

最新小說爲《歐瑞克斯與克雷格》(*Oryx and Crake*),故事背景設於二十一世紀末,因此有人稱之爲「科幻小說」,但愛特伍卻認爲本書和《使女的故事》以及歐威爾的《一九八四》一樣,稱爲「預言小說」更加恰當。《歐瑞克斯與克雷格》書中所描寫的,是基因科學發展到極致之後,人類所可能面臨的悲慘命運,孰料近來報上卻已傳出複製人技術更進一步的消息,與本書的某些臆測若合符節!讀者在翻閱本書之際,或也將感到不寒而慄吧?

---

*有關《化名葛麗絲》的評介,請參閱拙作《英倫書房》(台北:生智,2001)所收錄〈書海生輝布克獎〉一文。

完整女人之必要

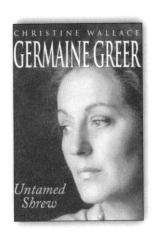

　　一九九七年間，澳洲政治學者克麗絲汀・華勒斯（Christine Wallace）為英國女性主義先驅潔玫・葛瑞爾（Germaine Greer）出了一本傳記，叫做《未馴悍婦》（*Germaine Greer: Untamed Shrew*）。華勒斯表示，如果在英語國度裡隨便到街上問一個四十歲以上的人，要他們指出一個女性主義者，十之八九都會點名「潔玫・葛瑞爾」，或者會提到葛瑞爾一九七〇年出版的成名作《女太監》（*The Female Eunuch*）。但華勒斯同時也發現，如果拿相同的問題去問女性主義者，那麼葛瑞爾被提名的機率卻會大幅降低，因為她們泰半以為葛瑞爾的言論堪稱第二波女性主義的反噬，從而將葛瑞爾視為「反」女性主義者，或至少是「糟糕的」女性主義者。

　　華勒斯坦承，她之所以研究葛瑞爾，除了基於葛瑞爾在女性解放運動中所扮演的特殊角色之外，也因為葛瑞爾原籍澳大利亞，和她在某個層面上分享了國家認同之故。而我之所以對葛瑞爾產生高度的興趣，則首先是受到她的文學評論與雄辯風采所吸引，接著對她放浪不羈的生命閱歷和價值觀頗為矚目，後來我更發現葛瑞爾簡直稱得上動見觀瞻，幾乎連一舉手、一投足都會引發偌大的爭議，於是我終於開始深

深感到好奇,這究竟是怎麼樣的女子,會在敵、友陣營同時被化為女性主義的象徵性圖騰,因著同樣的理由而備受詆毀與崇拜?

葛瑞爾出生於一九三九年一月二十九日的澳洲墨爾本(Melbourne),她相信父親具有英國血統,不過她的父親卻始終對自己的出身背景諱莫如深。葛瑞爾的童年並不幸福,曾經兩度逃家,但是仔細追究起來,我認為她的不快樂與其說是外界的影響,不如說她本身過度尖銳、犀利的聰明才智和天生的叛逆性格,才是更重要的因素。

舉例來說,葛瑞爾在滿五十歲那年,寫了一本有關父親的回憶錄,一位當年和她同在天主教學校上課的女朋友讀了這本書後,向擔任校長的修女表示,葛瑞爾至今仍沉溺在童年生涯的不幸當中,著實令她難以置信,並表示願意把書借給校長過目,然而修女校長的反應卻是:「不要把書借給我。我不忍心知道潔玫竟有這麼憂鬱!我不忍心看到那個美好的女孩竟會如此悲傷!」換句話說,儘管在葛瑞爾的眼裡,從前封閉的校園生活一無是處,但昔日師友對她的評價卻是「那個美好的女孩」,可見在探索葛瑞爾的內心世界之際,或許我們有必要了解她的判斷經常是相當主觀的概念,因此在咀嚼她的觀點時,緊隨她的邏輯推理一路而下固然相當重要,但記得適時跳出她的思考框架,和外在的世界互相印證、對比,進行更全面性的觀照,毋寧亦有必要。

葛瑞爾的父親原在報社擔任廣告行銷的工作,二次大戰爆發後被徵召入伍,因此從她有記憶起,父親便不在身邊,

使她極其渴望父愛，可是當父親在戰後歸來時，卻因身心受創而變得相當冷漠、消極，從而使葛瑞爾對父親非常失望，而她對父愛的需求也因之無法獲得滿足。尤有甚者，葛瑞爾的母親在父親歸來後又生下了一兒一女，父親對弟弟寵愛有加、呵護備至，更使葛瑞爾內心的空虛與不平情緒難以調適。

此外，葛瑞爾和母親的關係也並不和諧，她認為自己的出世並非母親當時所想要的，因此心靈深處一直有種「棄嬰」情結，再加上父親遠征海外的期間，她目睹了母親和美國大兵的諸般調笑，於是當父親歸來以後，她相信母親在無形中把她視為個人私密的窺探者，對她產生了某種敵意和警戒心，不時對她加以打罵，同時父親也將她看成是對生活現狀潛伏的威脅，從不曾對她出言迴護，更加深了她桀傲不馴的反抗態度。

從修會學校畢業之後，葛瑞爾領到了獎學金進入墨爾本大學，學習英國和法國文學，在這裡她終於享受到了自由和放任的滋味，以最大的熱情填補她對知識的強烈飢渴和對冒險的追求，無論在音樂、藝術和文學方面都展現了相當的造詣，同時她跳脫又具有煽動性的魅力，也使她在政治運動上成為活躍分子。

就讀修會學校的期間，葛瑞爾曾經實驗過自己的同性戀傾向，可是進入大學以後，身材頎長、性格強悍、機智過人的她卻成為男同學們熱烈追求的對象，她本人也不斷汰換性伴侶，樂此不疲，不過在多次墮胎之後，葛瑞爾的身體終於

負荷不了，約莫在二十五歲之前即無法再受孕，而這雖然對
她日後的理論產生了某種影響，卻未改變她的行為模式。大
學時代的葛瑞爾曾經被強暴，也曾陸續有過一兩位同性戀
人，但基本上她的性伴侶多為男性，並不斷以身體力行的方
式宣揚女人的性解放，從而一度被美國《生活》（*Life*）雜誌
稱為「連男人都喜歡挑逗的女性主義者」。

　　一九六O年代期間，葛瑞爾遠赴英國劍橋大學攻讀博士
學位，隨後進入渥威克大學（University of Warwick）任教，
而當她在學院裡講授有關英國文學和戲劇方面課程的同時，
她也在平面媒體和電視銀幕上投身於當時的反文化及反政治
運動，甚至曾跨行成為新喜劇寫手兼演員，風行一時。她自
稱是無政府主義者，強調唯有摧毀現行的國家、宗教、婚姻
和家庭制度，打破強加於世界各地本土農民文化上的西方價
值觀，女人才能獲得徹底的解脫。

　　不過葛瑞爾之成為全英國知名的知識分子和女權運動代
表人物，卻是一九七O年代以後的
事。一九六八年時，在一位文學經紀
人的鼓勵之下，葛瑞爾開始動筆把自
己的想法有系統地紀錄下來，最後成
為《女太監》一書。葛瑞爾在這本書
裡指出，一般認為性行為代表了兩個
個體的結合，此一觀念有如某人將手
指插在你的鼻孔，然後宣稱與你結合
般荒謬！同時她也一再呼籲消滅婚姻
制度、道德標準、國家機制，以便達

到解放女性的終極目標。這些激情的主張在讀者之間引起了很大的騷動，顛覆了傳統的兩性思維，並被熱愛者奉爲經典，被痛恨者棄爲糟粕，而也正因這種兩極化的大眾反應，葛瑞爾在一夕之間被看成是英國性解放風潮的舵手。不過葛瑞爾在當時曾經表示，每個世代都應有屬於自己的女性主義宣言，《女太監》已經寫盡了她在這方面的想法，所以她不會因這本書的暢銷而一再撰寫同樣的東西，寧可本著「坐而言不如起而行」的幹勁，以實際行動投入兩性革命的戰役。

　　孰料到了一九九九年時，葛瑞爾卻在慶祝六十大壽之際，秉持著《女太監》無政府主義的風格及精神寫出了續集《完整女人》（*The Whole Woman*），再度針對「什麼是女人？」「女人生命的意義到底是什麼？」等議題提出個人的見解。《完整女人》問世之後，同年四月即進入英國《書商》（*Bookseller*）雜誌的暢銷書排行榜，並蟬聯了冠軍寶座達數月之久，可見葛瑞爾在英國讀者心目中依舊深具號召力，然而葛瑞爾打破了三十年前的自我承諾，所意味的究竟是兩性戰役的失敗？勝利？葛瑞爾個人的成長？還是自我矛盾呢？答案恐怕很是難說。

　　基本上，葛瑞爾發現隨著時代的快速變遷，女性的身分認同問題再度面臨了嚴重的危機，例如，變性手術的合法化，迫使我們不得不深入探詢「女人」的定義，以及男女之

間的根本分野。她相信所謂從小就愛蓄長髮、愛化妝、愛玩洋娃娃、害羞內向……等「特性」，並不等同於「眞正的女人」，因爲這些性格特質，都是男性社會強加在女性身上的價值觀，因此符合了這個框架的條件，只不過是跳進了男人心目中對「女人味」定義的陷阱裡去而已！也因此到頭來，葛瑞爾認爲兩性之間的最後界線，終究還是在遺傳的基因，在生理構造上的基本差異。換句話說，她認爲現代社會必須突破「女人味」的層層迷思與迷障，因爲「女人味」並不等於「女人」；天生有「女人味」的男人，畢竟還是男人，而天生女人者，無論有沒有所謂的「女人味」，只要忠於自我，就能追求做一個獨立、自主、完整的女人。

再者，自從一九九〇年代中期之後，女性主義色彩濃厚的《科夢波丹》（Cosmopolitan）雜誌提出了「女人已經贏得兩性之戰，現代女性要的再也不是『抗爭』，而是『娛樂』」的訴求，招來了《女太監》批評者的冷嘲熱諷：「女性主義者憤怒地走出廚房，不過是走進了臥室！」因此葛瑞爾乃企圖藉著《完整女人》表達「革命尚未成功，同志仍需努力」的心聲。

葛瑞爾強調，女權運動發展至今，證明了女人擁有不可忽視的力量，但現在的問題是，我們應該如何決定運用這個力量改變現狀？如何處理軍事工業的權力結構？又如何將教育下一代變成每個社會的首要之務？她相信新一代的年輕女性並未對現狀感到滿足，因爲過去三十年來，女人的生活雖然出現了某些變化，卻爲這些改革付出了慘痛的代價！葛瑞爾舉證說，現行對墮胎的合法化，泰半被視爲女性解放運動

勝利的里程碑，但事實上墮胎的這件事本身，卻是對女性的肉體嚴重摧殘；又例如女人千辛萬苦爭取到工作權，但不僅在各行各業都仍面臨同工不同酬的不公平待遇，而且大多數的女人在工作之餘，仍然必須負擔家務，甚至連照顧老人、幼兒和病痛家屬的問題，也仍被理所當然地看成是女人的職責，所以兩性革命或許向前邁進了一小步，但現代女性的生活無疑依舊十分艱難！

《完整女人》所激發的辯論持續到了二十一世紀，在接受加拿大媒體的訪問時，葛瑞爾坦承，許多女性主義者誤將「男女平等」當成女權運動的最大訴求，殊不知「平等」只不過是最保守的目標，至多只能維持現狀，甚至以現狀套住了具有企圖心的女性，讓她們失去了持續抗爭的根據地！然而婦女解放運動真正的目標，其實是在追求最終的「解放」，要讓全球的女性都能獲得自由，擺脫一切硬加在女人身上的束縛和枷鎖。

葛瑞爾更進一步分析，過去三十多年來，許多所謂「成功」的新女性確時享受到了兩性革命奮鬥的果實，從而批評女權運動者已經不再擁有值得憤怒的理由。可是在她眼裡，這些人充其量只不過是「生活型態的女性主義者」罷了！只因為她們得以在事業上開拓屬於自己的天地，得以在家庭中和另一半平起平坐，就自以為功德圓滿，但事實上，這些「生活型態的女性主義者」大剌剌地僱用女人替自己洗衣、煮飯、帶小孩，甚至錙銖必較地希望付給這些女性勞工越少工資越好！她們不在乎自己的服飾是來自第三世界被剝削的幼童勞力，只在乎最浮面的「自我實現」和「自我肯定」，因此

葛瑞爾抨擊道，「生活型態的女性主義者」根本不了解女性
主義的眞諦，而她之所以寫出《完整女人》，便是爲了要扳回
這種偏離正軌的「勝利主義」心態，喚醒新一代女性的改革
熱情。

　追循葛瑞爾的心路歷程到此，我認爲葛瑞爾的激情與尖
銳，顯然是她最大的魅力，但無可諱言，也是她最大的致命
傷。葛瑞爾對女性「解放」的熱切追求，不僅一再向社會禁
忌的界線探底，也刺激了我們對生命的價值觀和國際政治經
濟結構做更深刻的反省；然而她跳躍式的思考模式，驚世駭
俗的行爲舉止，以及隨興所至的主觀評斷，卻往往橫生枝
節，轉移辯論的焦點，從而掩蓋了更值得深究的重要議題。
例如，她在書中突然指出，治療不孕症的經過所帶來的痛苦
遠超過喜悅，進而對此醫術大加韃伐，又認爲女人雖然可能
比男人犯下更多傷害兒童、手足、伴侶的惡行，但這一切終
歸還是男人的錯……等，自不免令人大搖其頭，或有不知所
云之感。

　不過我同時也不禁開始懷疑，到底有沒有不受爭議的
「女性主義者」？費‧威爾登曾說，「共識」並非女性主義追
求的目標*，芭芭拉‧魏斯特（Barbara West）則坦承，她從
不知道什麼是「女性主義者」，只知道當自己發表了拒絕被視
爲「踏腳墊」的言論時，就會被貼上「女性主義者」的標籤
——可見女人難爲，做爲一名女性主義者，也是同樣令人心
力交瘁！然而瞧葛瑞爾的復出，以及她在女性主義論壇上所
掀起的滔天巨浪，不管論點矛盾不矛盾，弔詭不弔詭，至少
在這場聲嘶力竭的廝殺中，誰敢說「女性主義已死」？

* 請參閱本書〈一位女性主義作家的誕生〉一文。

定義新世代小說走向的英國作家

前言

　　所謂「長江後浪推前浪」，高潮起處固然眾聲喧嘩，低潮之際有時竟不免予人以一片死寂的假象，正如英國文壇所曾盛傳的「小說之死」論，便曾宣告這項「布爾喬亞的藝術型式」，已將原創性的潛能消耗殆盡，不久即將滅亡！孰料到了七、八○年代間，卻出現了一批才華洋溢的新銳作者，從此改變了當代英國小說的風貌。

　　一九八○年代初期，傳統英國小說對中產階級社會過時的描繪，雖然已經呈現疲態，但當時在「書市委員會（Book Marketing Council）」任職的戴斯蒙‧克拉克（Desmond Clarke），並不認為英國小說已接近油盡燈枯，反而在當時隱隱嗅到了一股清新的氣息，並毅然在一九八三年首度選出了二十位「最佳英國青年作家（Best Young British Writers）」，透過文學雜誌《葛蘭達》（Granta）總編輯比爾‧巴福德（Bill Buford）的響應，全力提倡新作家和新作品，預言了英國小說的改朝換代！而此一努力的成功，使巴福德決定利用《葛蘭達》延續薪火，於是這項選拔成為英國文壇每十年一度的盛事，第二批名單於一九九三年問世，第三批名單則在二○○三年初發表，掀起了出版界和愛書人一陣興奮的熱潮。

三代名單

　　和第一、二代的名單相較起來，最引人注目的改變，是第三代女作家的比例明顯上揚（請參閱下表）！在一九八三年和一九九三年的名單裡，芭特‧巴克後來以《鬼之路》在一九九五年摘下布克獎桂冠，瑪姬‧吉在二〇〇二年以《懷特一家》入圍柑橘獎決選，但其中更具份量的卻無疑都是男性，例如，一九八三年的艾米斯、巴恩斯、石黑一雄、麥克伊溫、魯西迪和史威夫特，以及一九九三年的班克斯、迪布爾耐斯、庫瑞西、奧克力和塞爾夫等大名，分別以「後現代」和「魔幻寫實」的基調，奠定了英國文壇大師級的地位。

三十年來最佳英國青年作家一覽表

1983	1993	2003
艾米斯（Martin Amis）	班克斯（Iain Banks）	阿里（Monica Ali）
巴克（Pat Barker）	迪布爾耐斯（Louis de Bernieres）	巴克（Nicola Barker）
巴恩斯（Julian Barnes）	比爾森（Anne Billson）	卡斯克（Rachel Cusk）
班特利（Ursula Bentley）	費斯卻爾（Tibor Fischer）	大衛（PeterHoDavies）
包伊德（William Boyd）	夫路德（Esther Freud）	艾德（SusanElderkin）
伊瑪奇他（Buchi Emecheta）	霍林赫爾斯特（Alan Hollinghurst）	漢雪（PhilipHensher）
吉（Maggie Gee）	石黑（KazuoIshiguro）	甘迺（A.L.Kennedy）
石黑一雄（Kazuo Ishiguro）	甘迺迪（A. L. Kennedy）	刊祖魯（Hari Kunzru）
賈德（Alan Judd）	克爾（Philip Kerr）	力特（Toby Litt）
瑪斯瓊斯（Adam Mars-Jones）	庫瑞西（Hanif Kureishi）	米契（DavidMitchell）
麥克伊溫（Ian McEwan）	雷夫力（Adam Lively）	歐哈根（AndrewO'Hagan）
耐柏爾（Shiva Naipaul）	瑪斯瓊斯（Adam Mars-Jones）	皮斯（David Peace）
諾曼（Philip Norman）	麥克威廉（Candia McWilliam）	萊斯（Ben Rice）
普里斯特（Christopher Priest）	諾爾夫克（Lawrence Norfolk）	羅德士（Dan Rhodes）
魯西迪（Salman Rushdie）	奧克力（Ben Okri）	賽佛特（RachelSeiffert）
聖奧賓迪泰倫（Lisa St Aubin de Teran）	飛利浦斯（CarylPhillips）	史密斯（Zadie Smith）
辛克萊爾（Clive Sinclair）	塞爾夫（Will Self）	梭威爾（AdamThirlwell）
史威夫特（Graham Swift）	莎士比亞（Nicholas Shakespeare）	華納（Alan Warner）
特萊曼（Rose Tremain）	辛普森（Helen Simpson）	華特斯（Sarah Waters）
威爾森（A. N. Wilson）	溫特特森（Jeanette Winterson）	威爾森（Robert McLiam Wilson）

　　《葛蘭達》二〇〇三年的總編輯億恩‧傑克（Ian Jack），兼任了第三屆「最佳英國青年作家」評審團的召集人，他指出，在全英國出版社所送交的一百三十部成品和草稿中，新一代女作家的小說讀起來往往比男作者更能引人入勝。例如，莫妮卡‧阿里的處女作《紅磚路》（Brick Lane），以脫俗

的文筆描寫一名孟加拉女子來倫敦完婚的故事，受到五位評審的一致讚揚！另外，以同志小說《芬格史密斯》和《傾斜絲絨》（Tipping the Velvet）締造佳績的莎拉・華特斯，因悲喜劇《白牙》震驚文壇的查娣・史密斯，連續兩度上榜的A. L. 甘迺迪，都以無異議通過票選；至於以處女作《幽暗房間》（The Dark Room）入圍二〇〇一年布克獎的瑞秋・賽佛特，經過評審們的激辯之後，也被推崇為對未來十年英國小說可能最具影響力的文字工作者。

男作家方面，大衛・米契爾以超現實的寫作技巧受到青睞，他的處女作《鬼書》（Ghostwritten）結集了一篇篇彼此相連的故事，分別設於中國山區和紐奧良的爵士天堂，第二部小說《第九號夢》（Number9Dream）述說一名日本青年尋找父親的夢幻經歷，也曾參與二〇〇一年布克獎的角逐；年僅二十四歲的亞當・梭威爾，則是二十一世紀名單裡最年輕的作家，他的首部小說《政治》（Politics），草稿中展現了深獲評審團肯定的詼諧與機智。

二十大新秀作家

以下對二〇〇三年選出之二十位英國新秀作家加以簡介，年齡的計算則以二〇〇三年上榜當日為準：

莫妮卡・阿里（Monica Ali），女，三十五歲，出生於孟加拉，嬰兒時期即隨父母移民英國，於牛津大學取得政治、

哲學和經濟學位，育有一兒一女。處女作《紅磚路》於二○
○三年六月問世，旨在描寫東、西文化的差異和移民生活的
變遷，筆力沉穩，備受好評。

妮可拉‧巴克（Nicola Barker），女，三十七歲，出生於
劍橋，九歲時移民南非，一九八一年與母親回到英國，至今
已出版過七本書籍，最新作品爲《Behindlings》。

瑞秋‧卡斯克（Rachel Cusk），女，三十六歲，出生於
加拿大，但雙親皆爲英國籍，旅居美國洛杉磯，一九七四年
返英。卡斯克至今已出版過四部小說：《拯救愛格尼絲》
（*Saving Agnes*）曾獲惠特比最佳首部小說獎；《暫時》（*The
Temporary*）；《鄉村生活》（*The Country Life*）曾獲三莫賽
摩根獎（Somerset Maugham Award）；以及《幸運者》（*The
Lucky Ones*）。最新作品爲《一生的工作：身爲母親》（*A
Life's Work: On Becoming a Mother*），記載了初爲人母的心路
歷程，相當暢銷。

彼得‧何‧大衛斯（Peter Ho Davies），男，三十六歲，
具有威爾斯及華裔血統，畢業於曼徹斯特大學物理系和劍橋
大學英文系。一九九二年赴美，出版過兩本短篇小說選集：
《世上最醜的房子》（The Ugliest House in the World）曾獲約
翰路威林萊斯獎（John Llewellyn Rhys Prize），以及《平等之
愛》（Equal Love）。首部長篇小說爲《壞牧羊人》（The Bad
Shepherd），訂於二○○四年由葛蘭達出版部印行。

蘇珊‧艾德金（Susan Elderkin），女，三十四歲，英格
蘭人，劍橋大學英文系畢，曾獲溫格特獎學金（Wingate

scholarship），協助其至美國亞利桑那州蒐集第一部小說的素材，而其成果《日落巧克力山》（*Sunset over Chocolate Mountains*）也確然不同凡響，榮膺貝蒂崔斯克獎（Betty Trask Award），並曾入圍柑橘小說獎。第二部小說《聲音》（*The Voices*），背景設於人煙罕至的澳洲西部，於二〇〇三年夏天問世。

菲力浦・漢雪爾（Philip Hensher），男，三十八歲，倫敦人，在牛津和劍橋取得十八世紀英國繪畫博士學位，已出版小說計有：《另外的露露》（*Other Lulus*）；《廚房怨毒》（*Kitchen Venom*）曾獲三莫賽摩根獎；《歡悅》（*Pleasured*）；《莫貝里帝國》（*The Mulberry Empire*）曾入圍史密斯文學獎（W. H. Smith Literary Award）；以及短篇小說集《先生太太的臥房》（*The Bedroom of the Mister's Wife*）。

A. L. 甘迺迪（A. L. Kennedy），女，三十七歲，蘇格蘭人，已出版過四部短篇小說集、兩部非小說作品，以及諸多新聞評論，曾獲蘇格蘭藝術委員會好書獎（Scottish Arts Council Book Award）與三莫賽摩根獎，所涉足的創作媒介包括舞台、廣播、電影和電視。十年前在一九九三年的《葛蘭達》「最佳英國青年作家」名單中已曾一度上榜。

哈利・刊祖魯（Hari Kunzru），男，三十三歲，英格蘭人，擁有文學和哲學學位，並曾為多種平面刊物撰寫新聞評論，一九九九年被選為「觀察者報年度青年旅遊作家（Observer Young Travel Writer of the Year）」，首部小說《印象主義者》（*The Impressionist*）於二〇〇二年出版，已被翻譯成

十六種語言。

托比・力特（Toby Litt），男，三十四歲，英格蘭人，曾任教師、字幕員及書店店員，已出版過兩部短篇小說集和三部長篇小說，最新作品爲《自我追尋》（*Finding Myself*），於二○○三年六月推出，敘述一名暢銷書女作家爲了尋找新書靈感，在鄉間租了一棟豪宅，讓十名陌生人與她免費同住一個月，唯一的條件是她可以自由運用這一個月內所發生的各種人事爲小說題材。托比對形形色色的人物刻劃栩栩如生，令人讚賞。

大衛・米契爾（David Mitchell），男，三十四歲，英格蘭人，擁有文學學位，曾在水中石連鎖書店工作一年，一九九四年至二○○二年旅居日本期間開始創作，因第二部小說《第九號夢》入圍布克獎而廣受國際文壇的青睞，作品已被翻譯成十種語文。

安德魯・歐哈根（Andrew O'Hagan），男，三十四歲，蘇格蘭人，擁有文學學位，一九九五年發表非小說作品《失蹤者》（*The Missing*），引起英美文壇的注意，一九九九年出版長篇小說《我們的父親》（*Our Fathers*），先後入圍布克獎、惠特比文學獎、約翰路威林萊斯獎、影響小說獎（Impac Fiction Prize），最後獲溫尼服列德霍比紀念獎（Winifred Holtby Memorial Prize）。最新小說作品爲《個性》（*Personality*）。

大衛・皮斯（David Peace），男，三十五歲，約克夏人，一九九九年發表處女作《一九七四》（*Nineteen Seventy-*

Four），隨後又出版了《一九七七》（*Nineteen Seventy-Seven*）、《一九八〇》（*Nineteen Eighty*）與《一九八三》（*Nineteen Eighty-Three*）等書，共組成了「紅騎四部曲（Red Riding Quartet）」，背景設於約克夏之狼（Yorkshire Ripper）作案時間的前後。

班·萊斯（Ben Rice），男，三十歲，英格蘭人，擁有英語文學學位，處女作《波比與丁根》（*Pobby and Dingan*）已被翻成多種語言，並於二〇〇一年獲頒三莫賽摩根獎。

丹·羅德士（Dan Rhodes），男，三十一歲，英格蘭人，出版過兩部浪漫短篇小說選集：《別告訴我關於愛的事實》（*Don't Tell Me the Truth about Love*），以及《人類學和其他上百故事》（*Anthropology and a Hundred Other Stories*）。長篇小說《*Timoleon Vieta Come Home*》於二〇〇三年出版。

瑞秋·賽佛特（Rachel Seiffert），女，三十二歲，牛津人，現住愛丁堡，一邊教書、一邊寫作，首部小說《幽暗房間》以探討二次大戰期間對猶太人的屠殺為主題，曾入圍布克獎，現正致力於短篇小說的創作。

查娣·史密斯（Zadie Smith），女，二十七歲，倫敦人，由劍橋取得英語文學學位之後，已出版過兩部長篇小說：以幽默手法講述黑、白文化融合的《白牙》可謂一鳴驚人，曾獲衛報處女作獎（Guardian First Book Award）、惠特比首部小說獎，以及詹姆斯泰特黑色紀念獎（James Tait Black Memorial Prize）；第二部小說《簽名者》亦以類似風格處理文化衝突、認同與成長的故事，曾經入圍二〇〇三年柑橘小

說獎。

亞當・梭威爾（Adam Thirlwell），男，二十四歲，倫敦人，就讀於牛津大學，二〇〇三年八月出版第一部小說《政治》。

亞倫・華納（Alan Warner），男，三十八歲，蘇格蘭人，已出版過四部小說：《默文・卡拉》（*Morvern Callar*）、《這片錯亂的大地》（*These Demented Lands*）、《黑道家族》（*The Sopranos*），以及《走路的人》（*The Man Who Walks*）。曾獲三莫賽摩根獎，作品已陸續被改拍成電影。

莎拉・華特斯（Sarah Waters），女，三十六歲，威爾斯人，擁有文學學位，一九九五年開始創作，已出版過三部小說：《傾斜絲絨》佳評如潮，已被英國廣播協會（BBC）改拍成電視劇；《密切關係》（*Affinity*）曾於二〇〇〇年獲「週日泰晤士報年度青年作家獎（The Sunday Times Young Writer of the Year Award）」；《芬格史密斯》曾入圍二〇〇二曼布克獎及柑橘小說獎。

羅伯・麥克里安・威爾森（Robert McLiam Wilson），男，三十八歲，北愛爾蘭人，於劍橋大學取得文學學位，現任BBC紀錄片製作人，曾出版討論英國貧窮問題的作品《*The Dispossessed*》，並已出版過三部小說：《*Ripley Bogle*》、《曼服列德的痛苦》（*Manfred's Pain*），以及《優瑞卡街》（*Eureka Street*）。威爾森的作品已被翻譯成十五種語言，最新小說為《極端主義者》（*The Extremists*），於二〇〇四年問世。

結 語

　　和其他任何得獎名單或排行榜一樣，《葛蘭達》歷年來的「二十大」也曾不斷招致各界抨擊，例如，上榜作家年齡規定須在四十歲以下，一再引發不少爭議，同時每張名單也都有其遺珠之憾，例如，瑪斯瓊斯（Adam Mars-Jones）於一九八三年和一九九三年兩度上榜，但他和一九九三年入選的雷夫力（Adam Lively）同樣後繼無力，令人失望不已；宏比（Nick Hornby）在一九九三年時尚未嘗試小說創作，因而未被納入考慮，誰知竟會在短期間內迅速崛起，以幽默的筆觸成為當今最走紅的英國小說家之一？

　　然而正如傑克所指出的，《葛蘭達》的名單應被視為每十年一輪的世代翦影，而非蓋棺論定，因此整體而言，一九八三年及一九九三年的兩批名單，及今已證明了學有專精的獨立評審團獨具慧眼；二○○三年雖有論者為歐法洛（Maggie O'Farrell）及海勒（Zoe Heller）等人的落榜而大抱不平，但這張名單的用意並非對落榜者加以否定，而是預估上榜者的貢獻將不容小覷！因此無論對評審團的評斷是否心服口服，《葛蘭達》的名單確然值得矚目，因為綜觀三十年世代交替的風雲榜，它們不但為我們指出了英國小說過去和現在的起伏變化，也提供了遠眺未來發展趨勢的參考座標。

薑是老的辣

惠特比文學獎是英國文壇一年一度的盛事,不過自從進入二十一世紀之後,近兩年來的英國文學界似乎也特別熱鬧!因此當讀者仍沉浸在《琥珀小望遠鏡》獲頒二○○一年惠特比文學獎「年度代表作」而掀起的兒童文學激辯中時,一晃眼,馬特爾的《π的一生》早已摘下「二○○二曼布克獎」的桂冠;每十年一輪的「最佳英國青年作家」名單,已經又由文學雜誌《葛蘭達》在二○○三年初公佈;同時克萊兒‧湯瑪林的《山姆爾‧皮普斯傳:不平等的自我》(*Samuel Pepys: The Unequalled Self*),也已為二○○二年的惠特比文學獎帶來了另一波新的高潮。(請參閱本書〈童書旋風初探〉、〈從「布克獎」到「二○○二曼布克獎」〉,以及〈定義新世代小說走向的英國作家〉諸文。)

自於一九七一年創辦以來,惠特比文學獎的結構不斷隨著時代而蛻變,目前的型式共為六個獎項、五個類別:傳記、小說、首部小說、兒童文學及新詩,各類得主皆可獲頒五千英鎊的獎金(合約新台幣二十五萬元),然後評審團再於五位得主中選出一部「年度代表作」,最後贏家則可獨得兩萬五千英鎊的獎額(合約新台幣一百二十五萬元)。

從最近幾年來的「年度代表作」得主觀之,「傳記」似乎已有躍上「文學盟主」寶座的趨勢,而二○○三年初《皮普斯傳》的奪魁,不僅在無形中再次肯定了此一推論,同時由歷屆得獎作品的寫作風格加以分析,隱然間彷彿也呈現了

一種文體整合的走向。不過本文的討論主旨並不在此，而想將焦點放在作家群的身上。（請參閱本書所收錄〈惠特比一九九九〉與〈傳記文學的新趨勢〉等文）。

和湯瑪林同時角逐二〇〇二年度代表作的競爭對手，包括了「小說獎」的《間諜》（*Spies*），作者為麥可‧法蘭（Michael Frayn）；「首部小說獎」的《名之頌》（*The Song of Names*），作者為諾曼‧雷伯特（Norman Lebrecht）；「兒童文學獎」的《莎菲的天使》（*Saffy's Angel*），作者為希拉蕊‧瑪凱（Hilary McKay）；以及「詩集獎」的《冰河時期》（*The Ice Age*），作者為保羅‧法利（Paul Farley）。

這張名單有兩個引人注目之處：第一、法蘭是湯瑪林的夫婿，雖然成為「惠特比文學獎」夫妻雙雙入圍決選的佳話，卻也創下了親密伴侶互打對台的首例！第二、這張決選名單的作家年齡偏高，全都是堅持創作生涯多年的老手，突破了近年來出版界紛紛以「年輕作家」為賣點的現象，既證明「薑是老的辣」，也證明了在商業主義大行其道的今天，文學仍可做為創作者「一生的事業」，令人備感振奮。

克萊兒‧湯瑪林

湯瑪林出生於一九三四年，在以《皮普斯傳》於「惠特比文學獎」封后之前，便曾以《珍‧奧斯汀傳》（*Jane Austen: A Life*）、《雪萊的世界》（*Shelley and His World*）以及

《瑪麗・伍斯頓克萊夫特的生與死》(*The Life and Death of Mary Wollstonecraft*) 等書，奠定了在英國傳記文學界的重要地位。

　　湯瑪林比著名的美國女詩人西薇亞・普拉絲早一年進入劍橋大學，在同一位教授的指導下學習英國文學。她和第一任丈夫尼克 (Nick) 的婚姻生活並不幸福，育有三女一子，當尼克在一九七三年於一項中東採訪任務中意外喪生後不久，克萊兒・湯瑪林為了忘卻悲傷，全心投入《新領袖》(*New Statesman*) 雜誌的編輯工作，繼之接任《週日泰晤士報》的文學編輯，不過在這當口，她卻也受到了二女兒自殺的打擊。

　　寫作為湯瑪林提供了心靈治療的管道；她並不是藉著工作逃避痛苦，而是藉著文學敞開心扉擁抱一切。或許正因如此，湯瑪林特別能夠洞察人性，使她的傳記作品別具深度。舉例來說，皮普斯是英國十七世紀著名的日記家，生平以酗酒和玩弄女人而著稱，那麼身為女性主義者的湯瑪林，以何種心態及手法處理筆下主人翁的私生活呢？

　　湯瑪林坦承對皮普斯開始感到興趣，肇始於一九六〇年代初期，當時尼克曾為病中的她買了一部皮普斯日記的節錄本，令她深深著迷，因為從傳記家的角度來說，皮普斯比其他任何人都更能使她瞭解到當男人是怎麼一回事！

　　於是基於這種對「人」的盎然興味，佐以浩瀚的研究素
材和感性的寫作技巧，經過五年汲汲營營的努力後，湯瑪林
終於完成了這部生動、活潑的傳記，清晰再現了十七世紀的
倫敦——充滿性、疾病、大火、音樂、戰爭、內亂和各種英
勇的事蹟，並刻劃出了皮普斯一生的恩怨情仇，以及這位
「成功」男人背後的多位女人，包括皮普斯金主之妻——堅忍
不拔的吉梅瑪（Jemima Montagu）；他所痛恨的姊姊包爾
（Pall）；聰慧識趣的女僕珍（Jane）；為其婚姻生活帶來軒
然大波、美麗異常的黛比（Deb Willet）；他顯為人知、性格
獨立的藝術家伴侶瑪麗 （Mary Skinner）；以及風情萬種、
體弱多病卻又脾氣暴躁，十五歲那年就嫁給了皮普斯的法國
女郎伊莉莎白（Elizabeth Pepys）。如此豐富、多元的組合，
在湯瑪林有條不紊的鋪陳之下顯得舉重若輕，難怪本書最後
能夠脫穎而出，受到決選評審團的青睞。

麥可・法蘭

　　曾任《衛報》記者的麥可・法蘭與湯瑪林同齡，兩人於
一九八〇年相識。在《間諜》之前，法蘭已出版過九部小
說，其中包括了曾經入圍一九九九年布克獎決選的《直前》
（Headlong）；十三部舞台劇本，包括了在倫敦西區及美國百
老匯均大受歡迎的票房喜劇《鬧聲關閉》（Noises Off）；以
及多部電影劇本。法蘭也曾經歷過一段不幸福的婚姻，和前
妻育有三名女兒，一九八九年離婚之後，在一九九三年和湯

瑪林締結連理。

自從兩人同時入圍惠特比的決選之後，法蘭和湯瑪林開始經常被拿來和其他的文壇夫妻互做比較，尤其是艾芮絲‧莫達克與約翰‧貝理，以及泰德‧修斯與西薇亞‧普拉絲。不過這三對眷侶之間，畢竟有著很大的差異：後兩對才子佳人皆在年輕時墜入情網，最後以悲劇收場（莫達克誹聞不斷，罹患老人癡呆症多年之後病逝；修斯也是四處留情，心碎的普拉

絲則選擇了自殺一途），但法蘭和湯瑪林目前的關係卻顯然和諧得多，或許和他們是在中年以後才相戀不無關係？也或許是人生體驗使他們更懂得珍惜彼此？

無論如何，決選結果揭曉之前，法蘭在任何場合總一再推崇妻子的作品更勝一籌，但必須一提的是，他以二次大戰為背景的小說《間諜》，其實也絕非泛泛之輩！靈感來自於他兒提時代，當他的一個朋友表示懷疑自己的媽媽可能是德國間諜時，依稀中他便有了撰寫這麼一部小說的構想，但直到今天才累積了足夠的功力，將此一題材處理成能夠引人發笑、懷舊並且感人至深的篇章。

諾曼・雷伯特

　　出生於一九四九年的雷伯特，在「首部小說」這個類別裡算得上是高齡，不過他在開始嘗試寫小說以前，卻已是英國著名的音樂記者。

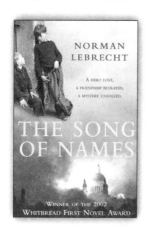

　　有趣的是，雷伯特原是戰爭特派員，也寫過一些有關社會學和心理學的著述，並未受過古典音樂的專業訓練，但是他為《每日電訊報》（*Daily Telegraph*）所撰寫每週一次的樂評，卻廣被藝術界視為「必讀」專欄；他在電腦網路上所開闢的古典網站，以及為英國廣播協會（BBC）第三電台（Radio 3）所主持的音樂節目，吸引了大西洋兩岸的無數樂迷，使他的觀點往往被網友、讀友及聽友視為最具權威性的導引之一；此外，他也出版過十部相當具有爭議性的音樂專書，揭發歌劇界和唱片公司的問題、調查高雲花園（Covent Garden）的興衰、評介指揮家的優劣高下等。

　　雷伯特樂評直言不諱的行文風格，經常因能切中要領而激起共鳴，孰料他的首部小說竟也同樣撩人心弦！和《間諜》一樣，《名之頌》也是以二次大戰期間的兩個孩童為故事的出發點，其中馬丁（Martin）是一位寂寞的獨生子，認識了由華沙逃難到倫敦的小提琴手多維多（Dovidl），兩人很快結

爲形影不離的好友，但有一天多維多卻突然失蹤了，使馬丁四十餘年百思不得其解，直到一個冬夜裡，他才無意間在音樂中找到了蛛絲馬跡，迫使他重新展開自我追尋。

雷伯特坦承，雖然他已出版過不少非文學書籍，但在年過五旬以後方才開始寫小說，卻使許多出版社和經紀人望之卻步，因此《名之頌》能夠打敗《葛蘭達》「最佳英國青年作家」榜上有名的哈利‧刊祖魯，成爲「惠特比文學獎」首部小說的得主，令他備受鼓舞，證明人生經驗終究還是小說靈感不可忽視的重要泉源。

希拉蕊‧瑪凱

和雷伯特自負、高傲的氣質相較起來，希拉蕊‧瑪凱則顯得和藹可親得多！她認爲自己能在「兒童文學」類組獨占鰲頭，完全出乎意料，同時她也謙虛地表示，自己和前兩年的惠特比童書獎得主，諸如創造了哈利波特的J. K. 羅琳，以及寫出了「黑色素材三部曲」的菲力浦‧普曼等人，仍然相差一大截，但是事實上，瑪凱的其他作品早已受過不少童書獎項的肯定！

年過四旬的瑪凱自承生命歷程相當平凡，出生於英格蘭鄉間，有三個妹妹，全家人從小就很愛看書，因此他們的社區圖書館簡直就像是她的第二個家！不過，瑪凱並非一開始就認定文學為自己安身立命的方向，大學時代她選擇學習動植物學，畢業後並任職生化技師，也很喜歡自己的工作，只是寫作的念頭卻時時縈迴腦際，於是一直到她生下第二個孩子之後，她才終於決定放棄科學，全心全意迎向內在自我的呼喚。

自從她的第一部作品《放逐者》（The Exiles）在一九九一年問世之後，瑪凱至今已出版了將近二十本童書、小說、短篇小說及圖畫書等。《莎菲的天使》探討的是收養兒童的問題，但由她一貫充滿視覺意象的筆觸緩緩道來，幽默中引人遐思，打開了無數小讀者的心扉，也為他們帶來一種樂觀向上的動力。

保羅‧法利

出生於一九六五年的法利，是這五位作家當中最年輕的一位，但也已是文學大獎的常勝軍：他的第一部詩集《藥店的男孩來看你》，曾於一九九八年獲得「前衛文學獎（Forward Prize）」，並和修斯的《生日信札》同時入圍當年的惠特比新詩獎，不過後來《生日信札》不僅成為該獎得主，也進一步勇奪「年度代表作」的頭銜；《冰河時期》是法利的第二部詩集，除了成為二○○二年惠特比新詩獎的得主之

外，也雙雙入圍「前衛文學獎」和「艾略特獎（T. S. Eliot Prize）」的決選，足見功力不凡。

許多文評家讚揚法利為近年來最富想像力、也最具天份的英國詩人之一，並一再強調他「勞工階級」、「北方城市」的背景，以及其詩作的「可讀性」，但法利本人卻並不苟同。

誠然，法利出生於利物浦（Liverpool）的平民社區，是家中四個小孩的老大，父親是洗窗工人，家境並不富裕，但他表示，他從未刻意在作品中描寫這一切以便和來自「中產階級」、「南方都會」的詩人做區分，博取讀者的好感或同情；他的生活經驗提供他寫詩的靈感和素材，同時他也不刻意寫出「淺顯易讀」或「艱深晦澀」的文字，他只是想藉詩來表達自己的心聲及世界觀而已。

法利開始認真寫詩，是從二十多歲就讀於藝術學院時起，他說當初決定進入藝術學院，家人雖未阻止，卻顯得相當消極，同時對於他的寫作生涯，也似乎憂心比支持的成分居多，所幸他現在終於找到了一份「正當職業」——在蘭開斯特大學（University of Lancaster）教授新詩，總算讓家人鬆了一口氣！

在文化創作日益被商品化，同時出版界也越來越為「明星作家」所充斥的今天，法利坦承許多詩人可能會覺得很悲

觀，甚至可能有窒息的感覺，但他卻仍將堅持寫詩，因為他相信一旦失去了詩和寫詩的慾望，人類文明便將退化到黑暗世界。

輯 三

書香與書潮

蔡明燁攝影・2003・諾丁罕

王子的包袱

　　雖然小時候也曾為王子和公主的童話故事深深著迷，旅居英倫之後，我對英國皇家卻並不特別熱衷，不過這兩年來倒是越來越感覺到，讀英國王室人物的傳記，其實很有點像看連續劇，尤其是隨著一九九八年十一月十四日威爾斯親王（Prince of Wales，亦即查爾斯王子）五十大壽期間，這一場歷久不衰的王室肥皂劇，更顯得令人眼花撩亂！回顧一九九七年在哀悼黛安娜王妃逝世的愁雲慘霧中，眾多追憶王妃的傳記作品裡，幾乎一致把矛頭對準查爾斯，將他描寫成冷酷無情、自私自利、庸碌無能、不貞不義的壞丈夫；可是在一九九八年那一波以親王為主角的傳記書潮裡，我卻發現一年之前的強烈抨擊，竟已在不知不覺中被擁戴的文字所取代，怎不教人慨歎今夕何夕？

　　兩家全國性日報 ── 《每日電訊報》及《每日郵報》（The Daily Mail）── 自一九九八年十月底起，便各以連載的方式打進了王儲傳的市場。《電訊報》的傳記作者透納（Graham Turner）和《郵報》的傳記作者列斯利（Ann Leslie），兩人都對查爾斯及卡蜜拉的婚外情採取了同情的立場，並證明兩個重要的事實：第一、自黛妃死後，王子和卡蜜拉雖然有相當長的一段時間，刻意在媒體面前低調處理兩人的關係，但他們的來往在當時已然愈形親密，只不過等待著適當的時機，要讓世人一步步接受他們的戀情；第二、哈利和威廉兩位王子與卡蜜拉的兒女們也經常玩在一起，並不

像他們所曾公開表示的那麼生疏，換句話說，第二代之間其
實也已經很有默契，不過是配合著各自父、母的時間表來
「交代」彼此間熟悉的程度！難怪當這兩部傳記在報上連載
時，英國坊間也便開始流傳起王子即將與卡蜜拉正式結合的
預言，從而激發了某些堅決反對的聲浪，因此這段「王子再
婚」的劇情到底將如何後續發展，看倌只有拭目以待。

此外值得注意的是，因為透納和列斯利都強調，他們的
傳記作品是在王子親隨的全力合作與協助之下，經過縝密的
研究、蒐證、訪問才得完成，可見查爾斯親王雖然仍為一九
九四年的丁伯比（Jonathan Dimbleby）傳記事件心有餘悸，
決心不再為任何王儲傳記背書，但事隔數年之後，他的隨扈
們卻似乎已忍耐不住，亟待以各種公關方面的努力，重新為
王子塑造更正面、積極的形象。

安東尼・霍登（Anthony Holden）在一九九八年九月推
出的《查爾斯王子傳》（*Prince Charles: A Biography*），可以
說是這波向王子祝壽的傳記獻禮中，唯一對壽星採取負面評
價的作品。

一九七〇年代期間，霍登曾以得獎新聞記者的身分為王
子捉刀，代撰了不少演講稿，因此兩人的關係頗為蜜切。後
來查爾斯年屆而立，霍登的筆鋒一轉，替當時依舊單身的威
爾斯親王寫下了第一本傳記，刻劃出一個寂寞且充滿困惑的
身影，令王子頗感不悅，造成兩人漸行漸遠。等到王子屆不
惑之年時，霍登的第二部傳記裡大膽揭露了查爾斯和黛安娜
王妃婚姻不諧的內幕，成為第一個公開預測兩人可能即將離

異的觀察家，迫得手忙腳亂的白金漢宮連忙闢謠，斥為無稽之談，並從此將霍登列入了王室的黑名單。

在他一九九八年為王子所著的第三部傳記中，霍登開始企圖探索查爾斯親王的內心世界，對於王子始終在家庭、情婦、王位夾縫間尋找平衡點的掙扎，做出了細膩的描寫，特別是對在「後黛安娜」的餘波震盪下，王子如何嘗試挽回民間聲望，以及他明知自己已然步入中年，但極可能還得再等上二十年才登基有望一事，是如何進行心理調適，有著諸多著墨。

事實上，在霍登筆下討不了好的，並不僅是查爾斯王子一人而已，而是整個英國王室本身。無疑的，作者敏銳的觀察與犀利的行文，自有一種難以抗拒的權威性，但問題是，霍登十多年來不曾與王子本人進行直接的溝通和交流，因此他所呈現出來的王子心路歷程究竟有多少可信度，不免令人有所保留。

至於潘妮・茱娜（Penny Junor）同年出版的《查爾斯：加害人或受害者？》（*Charles: Villian or Victim?*）一書，則認為在那段不幸的婚姻中，已逝的黛安娜必須負起比查爾斯更多的責任，因為威爾斯親王才是真正的受害者。可以想見為什麼本書一上市就引起軒然大波了！

根據茱娜的論述，黛妃是首先發展婚外情的人，但是她強烈的忌妒感，卻使她不斷惡意滋擾卡蜜拉，並不斷釋放出毀謗王子的言論，終於使查爾斯在媒體上變成了沉默的替罪羔羊……。不過必須指出的是，既然茱娜傳記所控訴的黛安

娜王妃已經入土，她在書中所提出的各種疑點是否純屬虛構，恐怕很難有被證實的一日，但也唯其如此，本書熱賣期間謠言四起，暗示茱娜乃是經過王子和卡蜜拉的秘密授意，目的在抹黑黛妃，以便爲兩人未來的聯姻鋪路。

　　有趣的是，查爾斯王子本人對上述各部作品全顯得意興闌珊，因爲他其實早已放棄閱讀任何有關自己的傳記了！正如《衛報》記者阿姆德（Kamal Ahmed）在一篇報導中所指出的：「身爲英國王位繼承人，查爾斯必然將被寫進歷史，因此他所在意的是爭千秋，而不願爭一時之氣。」毋寧言之成理。不過當茱娜的作品爲了歌頌他而詆毀他的前妻，逼得他不得不與情婦聯手發表嚴正聲明，公開加以駁斥時，所代表的又是什麼意義呢？這個動作在當時引起了無數有心人的深思與玩味，而這些永不止息的小道消息，其實正便是造成王室連續劇愈演愈烈的主要動力。

這就是約克夏人？

　　自從十九世紀以來，位於英格蘭北部的約克夏曠野，便在英語文學中佔有重要的一席之地，只不過隨著白朗特三姊妹筆下古典名著的描寫，讀者心目中的約克夏，或許往往僅限於朔風野大的淒美風情，至於生於斯、長於斯的約克夏男女，很可能也只被想像成是一群樸實壯碩的鄉人，帶著約克夏特別的口音，說得一口泥土味特重的英語，如此而已。但直到一九九七年的英國電影《脫線舞男》席捲了全球票房之後，約克夏卻突然在世界地圖上找到了一個新的幽默定位，從而再度吸引了來自讀者、觀眾不少關愛的眼神。

　　如果說英國是我的第二個故鄉，約克夏就算得上是我的老家了！我所就讀的里茲大學（University of Leeds）是約克夏的重鎮之一，而住在里茲的幾年，我經常在週末假日搭乘區域火車遊山玩水，逐漸愛煞了哈華茲（Haworth）的文學氣息、約克的典雅浪漫、布拉福（Bradford）的種族紛陳，當然也不能不提里茲日益明顯的都會情調！因此我發現《咆哮山莊》和《脫線舞男》所分別呈現出來的約克夏，固然都是相當準確的面貌，唯因時代的差距及側重的角度不同，自然為讀者和觀眾帶來了截然不同的感受，但如果翻閱賽門‧阿姆提區（Simon Armitage）所出版的隨筆《一切向北》（*All Points North*），不知不覺間，我們便終於能把這些面向綜合起來，並對約克夏及約克夏人產生更為立體的透視了。

　　《一切向北》是一九九八年秋季裡，不列顛最暢銷的散文

集之一，透過英國廣播協會（BBC）第四電台（Radio 4）的朗誦和討論，在英倫各地引起了偌大的迴響。

一九六三年出生的阿姆提區，是貨真價實的約克夏人，在他毫不做作的流暢筆觸下，我們看到了約克夏男女坦率豪爽的性格，嚴守分際的拘謹，腳踏實地的努力，以及平凡無奇的日常生活與對話──坦率到有點傻氣，拘謹到有點滑稽，踏實得教人感到親切，同時又平淡到教人忍不住好笑──在在都是一種非常「約克夏」的趣味！而在這種自然流露的幽默感中，我們不僅讀出了作者對家鄉的熱愛，也在神遊約克夏的好山好水之際，讀出對此地人文風土更深一層的嚮往之情。

阿姆提區這樣一部鄉土味十足的區域小品，竟然能在二十世紀末的英國引起廣泛的注意和共鳴，頗引人玩味。當傳播科技正迅速打破國與國間的疆界，把世界濃縮成一個「地球村」的當口，事實似乎也一再證明，新的傳播科技固然無遠弗屆，卻不能消弭文化、政治、種族間的分歧，反而在無形中更強調了「我們」和「他們」之間的差異性，並在某一個層面上強化了自我認同的意識──阿姆提區的《一切向北》，以及幾部在一九九〇年代末期聲名大噪的著作，例如以蘇格蘭色彩為基調的《猜火車》（*Trainspotting*）、以威爾斯為背景的《雙子城》（*Twin Town*）、設於北愛爾蘭的《在黑暗中閱讀》（*Reading in the Dark*），以及描寫倫敦生活變遷的《最後的安排》*等，其所興起的一種回歸鄉土、地域認同的趨勢，或許都可以看做是這種自我認同意識的反映吧？

* 有關《在黑暗中閱讀》及《最後的安排》更進一步
的評介，歡迎參閱拙作《英倫書房》（台北：生智，
2001）所收錄〈書海生輝布克獎〉一文。

英國公視另一章：獨立電視發展史

　　談到公共電視，幾乎人人都會想到英國廣播協會（BBC），但事實上，在公共服務廣播（Public Service Broadcasting，簡稱PSB）的雙元結構之下，英國還有另外一支提倡PSB精神的尖兵，其成立雖比BBC晚，營運模式雖以廣告營運維生，和一般所謂的「公共電視」概念有所差異，但我們不僅不能忽略這套廣電系統在英國電視製播史上的貢獻，它的存在本身對PSB所帶來的挑戰與新思維，也都是值得用心探討的焦點──這個機構，便是獨立電視台（Independent Television，簡稱ITV）。

　　專門研究ITV方面的著作，雖然不像BBC那麼族繁不及備載，不過拜麥克米倫出版社（Macmillan）之賜，多年來已有一套完整且與時俱進的經典套書，直接了當命名為《英國獨立電視台》（*Independent Television in Britain*），到一九九八年時出版到第五集，由波納（Paul Bonner）及阿斯頓（Lesley Aston）兩人聯手，涵蓋了一九八一年到一九九二年之間，ITV因新傳播科技的威脅而產生的巨大轉變。

　　一九八六年時，探討英國廣播電視未來發展的皮考克委員會（Peacock Committee）在柴契爾政府的授意下成立，用意原是要從自由經濟、自由市場原則的考量出發，徹底瓦解BBC徵收執照費的財務結構，不過沒想到結果卻大出鐵娘子的預料，皮考克委員會的研究結論最後依然指出，BBC在可預見的未來仍應維持現狀，反倒是一方面以商業廣告做為主

要財源，另一方面同時標舉PSB大旗的ITV，受到了前所未有的激烈震盪*。

到一九八O年代初期爲止，共同組成ITV的十五家電視公司始終維繫著良好的合作基礎，雖然每到一個特定的時候，他們都必須面對競標的壓力，所以就這個角度來說，這些公司其實也是商場上互爭雄長的競爭對手，不過一旦獲得經營執照，共同屬於ITV的一分子時，他們彼此間的關係與其說像敵人，不如說更像共事的夥伴。

可是當政治大環境對公視理念發生強烈的質疑時，不僅皮考克委員會鼓勵ITV內部的彼此競爭，同時電視生態也因新媒體的崛起而產生劇烈的變化，使ITV旗下公司新一代的決策者們面臨了空前的壓力，在越來越難以顧及整體電視網的長遠發展之際，他們也對眼前的利益愈加斤斤計較起來，而這其間引發各公司間最多爭議的，莫過於節目時間表的分配問題。

經過了多次的談判破裂，當時主管英國商業媒體活動的獨立廣播管理局（Independent Broadcasting Authority，現已改名爲獨立廣播委員會），終於在一九八O年代末期決定成立一個統一編排節目表的專責組織，獲得ITV十五家公司的一致贊同。不過問題是，這樣一來，每一家公司其實也將因此失去了創新、發明的機會！以往每個ITV的子公司都有自己的製播方針和專長，使ITV能從最精良的多種節目類別中，協調出一套最頂尖的全國性節目表，然後再依各家公司個別的所在地，分別安排地方性的節目時段；但現在的情況卻出現

了變化，每家公司都必須配合節目安排單位的要求來製作節目，否則便沒有播出的管道。此一做法的好處固然可以統一事權，降低開銷與成本，壞處卻是在內、外商業壓力的共同夾殺之下，使節目類型的發展空間日益窄化，導致節目創意的嚴重萎縮。

換句話說，ITV問世四十年間，儘管盡力兼顧了「公共服務」和「商業利潤」的雙重理想，但在邁向一九九〇年代之後，終於還是一步步走上了「商業電視」的不歸路，爲什麼呢？是「公共服務」與「商業利潤」之間基本上的不相容嗎？那麼ITV過去四十年來的歷史代表了什麼意義？BBC自從一九九〇年代以來，企圖以更活絡的商業活動來鞏固對既有PSB承諾的做法，又應被如何解讀？更弔詭的是，如果ITV大膽朝商業電視進軍的轉變廣受觀眾的歡迎，或許將能突顯PSB精神的落伍，證明「公共電視」遲早應被淘汰；但事實上，隨著ITV的商業色彩逐日變濃，它的觀眾口碑不僅趨於劣勢，連收視率也在持續下降中，這是否顯示了英國觀眾對電視品味保有一定的堅持，對於劣幣逐良幣的商業電視運作法則並不青睞？那麼，這是不是反而證明了「公視不死」，也肯定了PSB原則的重要性呢？

波納和阿斯頓在第五集的序言裡表示，《英國獨立電視台》第六集中，他們將把焦點整個放在一九九〇年之後的情況，對英國商業電視革命進行更詳細的討論。在期待早日拜讀專家的精闢見解之餘，我們對於整體電視文化何去何從的問題，無形中也在憂慮和困惑裡，燃起了一線樂觀的希望。

* 有關英國電視生態進一步的討論，請參閱拙作《媒
體世界》（台北：幼獅，2001）。

看看希特勒這個「人」

英國雪菲爾大學教授伊恩·克修，堪稱德國現代史權威，他的長篇巨著《希特勒傳》在一九九九年初入圍了惠特比文學獎的傳記類別，書中開宗明義提出了一個問題：二十世紀是希特勒的世紀嗎？*

當然，很多人可能不會同意，不過，從一個傑出的學者改行做傳記家，克修在長達八百多頁的漫長篇幅中所試圖要達成的，即是想用深入淺出的文字、全面而充足的證據，以及條理清晰的論證，向他的讀者說明希特勒的歷史定位，然而更重要的是，要把「人」與「非人」的因素融會貫通，再在一個複雜萬狀的歷史過程裡，寫活希特勒這個血肉分明的納粹獨裁者。

那麼，克修是不是成功了呢？答案……是的。

嚴格說來，希特勒其實是一個沒有「私生活」的人，這對撰寫研究報告的學者而言，或許並不造成影響，但對寫傳記的作者來說，卻是艱難的挑戰。當然，希特勒喜歡看電影消遣，每天都會散步去一家茶館小憩，偶爾也有機會去他的山間別墅休息充電，不過克修發現，這些對希特勒來說，都只是沒有特別意義的例行公事，他的內心世界與日常生活中，根本沒有空間容納政治以外的任何事物；換句話說，希特勒是一個把「公眾生活」私人化的領導者，是一個把「公」、「私」雙重角色融合為一的政治人物！因此克修認

為，要寫活希特勒這個人，最重要的便是要寫出他的權力特質，而其實也正是基於他的這種特質，希特勒才會在當時被無數年輕貌美的女性視為性感偶像，許多還曾為他而企圖自殺！克修對這些細節在情在理的描寫，無形中使我們對希特勒確然產生了進一步的認識

　　希特勒政權的崛起，可以說是改寫了二十世紀歷史的關鍵，納粹組織的建立，反映出了對一個現代化國家的全盤掌握，一種前所未見的壓制與暴力，史無前例的媒體操縱及群眾動員，蔓延國際社會間令人咋舌的犬儒主義，排他性民族主義的高度危險，種族優越論與種族歧視強大而迅速的毀滅性，以及對高科技和社會組織濫用所可能帶來的惡果。二次大戰的德國經驗，使我們目睹了一個文明而先進的社會，竟可以快速進入野蠻狀態，耽溺於意識型態之戰，以及令人髮指的種族大屠殺！

　　對克修來說，為這位一代狂人下一個蓋棺論定式的歷史性註腳，固然相當重要，但更大的目標卻是要從希特勒這個「人」的角度來出發，一步步勾勒出為什麼這樣一個缺乏社會屬性、除了政治之外一無嗜好、難以接近、難以溝通、難以建立友誼、沒有社會背景、沒有任何從政經驗的人，卻能夠快速攀升成為德國的主宰，享有全體德意志人民的絕對忠貞，並讓全球都受到了激烈的動盪？

　　一般對於納粹政權究竟如何崛起，有著兩種基本的研究取向，其一側重於希特勒個人的政治運作及領袖魅力的分析（此為傳統希特勒傳記的切入點），其二則強調對德國政治社

會結構的觀照（不少政治思想的理論作品則以此爲鑽研）。在克修的《希特勒傳》中，他嘗試將兩者融合爲一，特別是從後者的大架構下，解釋前者之能在歷史舞臺起作用的原因。

　　整體而言，從希特勒所倡議的政策分析起來，我們發現他堅持社會動員、爲勞工營造良好的居住環境、將工業現代化、建立社會福利制度，並致力打破社會階層的不平等；他的手段或許殘暴不堪，但他的目的卻是在建設一個更好、更現代化、更公平的德國社會。於是在德國人民對一次世界大戰之後所簽訂的凡爾賽條約反感日深，對經濟的嚴重衰退極度不滿，並對威瑪憲法（Weimar Constitution）的理想性過高，無法有效進行政治整合而產生無力感的當口，希特勒以他具有煽動性的口才和政治魅力，提出了富國強本之道，同時將所有複雜的政治經濟難題，歸結到具有排他性的民族問題身上，終於造成了一股無人可擋的偌大旋風。

　　許多人常以「漢賊不兩立」的立場來看待希特勒政權，然而道德上的譴責，並不能說明歷史事件的因果，進而提供我們重要的借鏡，所以具有深、廣度的希特勒與納粹研究，自可謂意義非凡，而克修耗費十年而成的心血結晶，也因之更顯得珍貴無比！畢竟誠如作者所指出的：希特勒的歷史，即希特勒權力的歷史，關係到他如何獲得此一權力？這個權力的本質與特色爲何？他如何操作此一權力？爲什麼他能夠打破所有的組織及階層障礙，將這個權力擴張到無限大……等問題！猶有甚者，這些問題並不僅止於涉及了希特勒本人，更涉及了對整個德國社會的反省，以及對整個國際社會運作的深思。

＊ 請參閱本書所收錄〈傳記文學的新趨勢〉及〈大趨勢：英國文學與電影〉二文。

希區考克傳記熱潮

　　一九九九年八月十三日是希區考克（Alfred Hitchcock）一百週年誕辰，而爲了紀念這位電影天才，打從該年的年初開始，就有形形色色的希區考克相關作品在大西洋兩岸搶攤問世，同時隨著紐約現代藝術博物館（Museum of Modern Art）、英國廣播協會（BBC）及各類藝術電影院應暑假期間所策劃「希區考克專輯」的隆重登場，一股希區考克的熱潮終於攀上高峰，簡直任誰也難以抵擋！

　　眾所周知，希區考克的作品產量十分豐富，且娛樂性極高，從早期的默片、電視劇集、到好萊塢的經典之作應有盡有，因此如果您對希區考克的各種小道消息、逸聞掌故感到好奇，那麼凱瑟琳・卡斯卡（Kathleen Kaska）的《希區考克瑣事猜謎簿》（*Alfred Hitchcock Triviography and Quiz Book*），不但將能爲您提供最好的消遣，還包準能讓您在「希」迷面前大出風頭！不過如果您想對希區考克的作品有個全盤的瞭解及掌握，那麼保羅・康登（Paul Condon）和吉姆・桑斯特（Jim Sangster）的《希區考克全集》（*The Complete Hitchcock*），則顯然是較佳的選擇。

　　希區考克是史上吸引了最多寫作題裁的導演，連法國新浪潮大將楚孚（Francois Truffaut），都忍不住摻上一腳。不過希區考克在影史上的定位卻向來眾說紛云，尊崇者稱他爲「懸疑大師」，貶抑者稱他是「電影技匠」，對他感到模稜兩可者，則把他稱做「曖昧的道德家」。在一九九九年的這波書潮

中，作者們的立場也同樣反映出了這種矛盾。

　　撰寫《希區考克與薛茲尼克》（Hitchcock and Selznick: The Rich and Strange Collaboration of Alfred Hitchcock and David O. Selznick in Hollywood）一書的里奧納多・雷夫（Leonard J. Leff），對希區考克恐怕便說不上有太大的景仰。大製片人薛茲尼克，以七年的合約把希區考克從倫敦帶到好萊塢，但這對黃金搭檔的合作經驗，卻不是預料中的水乳交融─希區考克語氣和婉，計劃精確且條理分明，薛茲尼克則是火爆脾氣，系統紊亂到了極點，但更要命的是，兩人對電影的看法簡直天差地遠，而且又都堅持己見！因此到頭來，希區考克於這段期間所拍出的幾部佳作如《蝴蝶夢》（Rebecca）、《意亂情迷》（Spellbound）、《美人計》（Notorious）等，雖然專家的評價極高，但他卻認為與其說是個人的創作，還倒不如說有更多薛茲尼克的影子！難怪合約期滿之後，希區考克便迫不及待地振翅高飛，籌組自己的公司去了。

　　相較之下，丹・奧勒（Dan Auiler）稱得上是標準的希區考克迷，而從他所撰寫的《希區考克秘密筆記》（*Hitchcock's Secret Notebooks*）中，我們則發現電影的故事邏輯從來不是希區考克斤斤計較的重點，他更為關心的，乃是人物性格與情緒環境的互相牽動，以及如何運用鏡頭的分解，挑動觀眾各種微妙而隱秘的心理變化。

　　本書採用了希區考克大量的私人文件，包括了筆記、信函、便條、對劇本的討論、編排、直到完整的故事板（storyboards）……等，呈現了從開始到結束，大導演創作靈感的千迴百轉，以及複雜曲折的腦力激盪。不過也正因這種精密的紙上作業，對希區考克來說，當他完成了對影片的籌劃時，這部影片在他腦海中便已經算完成了，因此一般人以為最有趣的開拍過程，反而令他感到十分不耐，也因此他從來只採用最符合自己腦海中形象的演員，然後讓他們在鏡頭前自由發揮，以縮短作業時間，同時他也喜歡在拍攝現場開玩笑，並在片中注入一些幽默感，以便自娛娛人。

然而希區考克給予自己的最大娛樂，毋寧是不斷出難題向自己的極限挑戰，因此離開薛茲尼克以後，他在電影事業上的發展雖然大起大落，但是每一部拍攝出來的影片，都有不同的手法和構思。例如，他的經典之作《後窗》（*Rear Window*），採用一個坐在輪椅上的人物為主角，全片以主人翁受到侷限的觀點做敘述；在驚悚名片《驚魂記》（*Psycho*）中，他嘗試用電視劇的手法來拍攝電影；他的第一部彩色影片《奪魂索》（*Rope*），每一卷膠卷都是一個連續的鏡頭……。這些嘗試有時成功，有時失敗，但由此卻可見出希區考克創作活力的驚人！而為了更具體分析希區考克的藝術成就，丹・奧勒還與大導演馬丁・史科西斯（Martin Scorsese）合寫了《迷魂記：希區考克經典的製作》（*Vertigo: the Making of a Hitchcock Classic*）一書，利用對一部單一影片的個案研究，帶領我們觀看希區考克拍片的過程和手法。

在「商業片」和「藝術片」表面上似乎壁壘分明，但實際上幾乎同樣顯得矯情、平庸的今天，希區考克電影的親和力，以及對人性內裡的從容把玩，無疑是對創作者和觀眾們

深刻的啓發，而這無疑也是希區考克書潮源源不絕的最大動
力。

假如科普寫作像科幻小說……

如果科學書籍能有科幻小說的引人入勝,是否將更能激發讀者豐富的想像力?如果科幻小說能夠建築在有憑有據的科學基礎上,是否也將能夠引領讀者對科學知識更熱切的追求?

美國生物病毒學家安・賽門博士(Anne Simon)在一九九九年完成的作品《異形、怪物、遺失的聯結:X檔案背後真正的科學》(*Mutants, Monsters, and Missing Links: The Real Science Behind the X Files*),以風靡全球的電視影集《X檔案》做跳板,向沒有科學背景的讀者解釋該影集背後所提出的各種科學議題,可以說是試圖把科普寫作跟科幻作品融合為一,具有深心的著作(本書已由木棉出版社在二〇〇〇年引進國內,由于佳琪翻譯,訂名為《X檔案背後的科學意義》)。

無可諱言,《X檔案》自於一九九三年九月間在美國問世以來,很快便形成了一股難以抵擋的風潮,襲捲世界各地。這個電視劇集之所以造成偌大的全球效應,在於它所吸引的不只是科幻小說迷,也包括更廣大的一般觀眾,而它之所以能夠做到這一點,則無疑必須歸功於創作者和劇作家的巧思慧心……《X檔案》不僅擁有一般科幻影集的成功元素,例如,詭異的音樂、謎樣的情節、神秘的發現,以及鍥而不捨的男女主角……等,更重要的是,劇中有切合實際的對話、符合邏輯的推演、扣人心弦而又高可信度的人物塑

造,以及一再出人意表的結局,使得整個節目變成有智慧、有品質的製作,而非時下常見,幾乎完全漠視觀眾智商的反智產物*。

安・賽門的父親是好萊塢知名的科幻劇作家,因此她從小便是忠實的科幻故事迷,但在潛心研究科學之後,卻對科幻作品在科學知識上所犯的錯誤感到越來越難以忍受,難怪當她首次接觸到製作精良的《X檔案》影集,發現劇中女主角絲加麗(Dana Scully)是一位擁有深厚醫學背景的科學家,而非徒具裝飾作用的花瓶時,她簡直喜出望外!於是當該影集製作人克里斯・卡特(Chris Carter)循線找到賽門,開始向她尋求有關科學上的忠告時,兩人一拍即合,使安・賽門從此成為了《X檔案》背後的科學指導。

做為一位女性科學家,安・賽門對絲加麗自然情有獨鍾,而她對科學求真的嚴謹態度,反映在節目裡,使得絲加麗在無形中也有了安・賽門影子的投射。正如她在書中指出的,隨著節目的持續,絲加麗科學訓練的本質變得日益突顯,她是避免默德(Fox Mulder)一頭栽進思考迷障的重要支柱,但也絕不敢宣稱科學萬能,或自認理解一切科學事實,因此她必須經常與其他專家互相切磋、激辯,而這便都是今日科學家工作的實際寫照。

有了這一層理解之後,當我們隨著作者在書中以電視節目調查過的案件為例,一步步探索冰雪、岩石、雨林中的奇妙生物,調查外星人與水怪存在的證據,分析基因的遺傳與突變,冥思諸般依然無解的奇異現象,乃至檢驗當今熱門的

科學話題，例如基因複製、老化、基因工程……時，不知不覺間，我們似乎也覺得安・賽門逐漸變成了絲加麗的化身，細心向我們揭示她在節目裡所做實驗的背後動機、科學根據，她所面臨的困難與挑戰，對知識的謙卑，以及對造物無盡的浩嘆了。

在這個科學與日常生活結合緊密的時代，我們的食衣住行、一舉一動都被科學所包圍，「科學」再也不囿於只是試管、實驗室、白色實驗衣的狹隘定義，而是生活中鮮活的一環！本書堪稱國內外科普書潮的一支尖兵，隨著作者對科學的熱情，開啓我們對生命的好奇與尊重。

---

* 此一評語僅以《X檔案》早期的表現為準。和許多廣受歡迎但不能見好就收的電視劇集一樣，《X檔案》後來也顯出了後繼無力的窘境，因此該節目在後期是否仍然符合「有智慧、有品質」的評價，恐怕頗值得商榷。

遊子吟

　　一晃眼，在英國竟也已經住了十多年了！從初抵異鄉時的凡事新奇，到歲月日增後的見怪不怪，我對這個國度其實累積了相當深厚的感情，同時基於生活環境和工作的需要，對這裡的風土人情、文化習俗、社會百態，以及國內外相關的政治議題等，也都由廣泛的關心，而開始逐漸產生了多元的透視，因此在翻閱有關英倫經驗的書籍時，我的感受很容易趨向兩極……過於膚淺的觀察，即使資料蒐集得再豐富，文字的技巧再花俏，都會令我不耐煩到坐立不安，甚至不屑；然而如果遇見了能夠切中要領的作品，我的歡喜之情卻又可以直飛上天，彷彿找到了可以交心的知己，隨時隨地便會在腦袋瓜裡和作者進行滔滔不絕的對話或雄辯。

　　江靜玲二○○二年在台北出版的《黃色旅人之英倫散記》（時報）便是屬於後者，雖然我並不完全同意她的每個觀點，但也唯其如此，每篇短文都能令我品讀再三，同感處使我情不自禁地獨自發笑，不贊同處又教我反覆思量，自顧自地整理起自己的想法來。

　　這本書集結了作者在《中國時報》「浮世繪」版的專欄，共分成四大部分：在「對不起，我的愛」單元中，江靜玲和讀者分享了個人在英國的生活點滴，包括她的朋友、（夫）家人、日常起居，還有一些對瑣事的聯想；從「貂皮大衣之

必要」以後的單元（包括「落難公主們」與「蘋果的滋味」等部分在內），則開始突顯出她做爲「駐歐特派員」的專業角色，除了暢談對國際事務的心得之外，也記錄了她對英國王室的看法，對一般社會現象的體認，以及和某些特殊人物的接觸。

在爲本書撰寫推薦序時，前民進黨主席施明德說江靜玲的文章「觀察犀利，筆力萬鈞」，而對這個優點最大的體現，我認爲是在她勾勒人物的生動，例如她筆下的達賴喇嘛，果眞散發著「隨緣入定都歡喜自在」的魅力；她所描繪的英國女王，充滿著母儀天下的君王風範；至於她在描寫總統夫人吳淑珍，代夫婿於歐洲議會接下「二〇〇一年自由獎」的獎座時，台灣第一夫人所表現出來的毅力、達觀與尊嚴，更令人在感佩之餘，亦以身爲台灣女子而驕傲。

此外，江靜玲許多頗具創意的見解，也往往令人驚喜，例如在陪友人勇闖花園迷宮時，她發現了人性在這種人造迷陣中的各式反應，引人遐想；從巴爾幹半島女友對貂皮大衣的嚮往，理解了「需要」和「渴望」的差異，進而指出女友所經歷的政治與社會背景，是使貂皮大衣超過實用之必要性的主因；而她所形容「在家辦公職業婦女」面臨的挑戰和委屈，表示自己平時「最恨別人問，『妳每天在家做什麼？』」，因爲「不想形容自己忙碌如狗，只好說，像小蜜蜂一樣辛勤工作」，最是於我心有戚戚焉！

好的遊記作品，除了能夠反映鮮活的異國情調之外，多也能在字裡行間顯露出作者的性格，無形中拉近了和讀者在

地理空間與心靈層次的距離，因此多愁善感的三毛和「撒哈拉系列」，能夠在華語世界歷久不衰；幽默詼諧的美國作家比爾‧布萊森，也能以一部又一部遊歷見聞風靡全球。

江靜玲的《黃色旅人》或許更接近短篇生活札記，而非一氣呵成的旅遊文字，不過自於一九九七年以倫敦為工作據點以來，作者坦承自己生活的縮影是「獨自從一個地方到另一個地方，一家旅館到另一家旅館」，由於「害怕自己有一天會對著鏡子說話，所以就以文字不斷說話」，因為對她來說，「文字不是慾望，不是宣洩，而是某種治療」。正因為她不僅說出了自己在歐洲的人事閱歷和生活體驗，也說出了人在異鄉的感念與疏離，使本書另有一番動人心處。

挑戰歐元

打從二○○二年一月一日起，歐元開始在十二個歐盟會員國的日常生活中正式啓用，雖然英國、挪威和瑞典尚未加入歐元地區，但這項有史以來規模最龐大的貨幣改制運動，卻已足以撼動全球金融界，並吸引國際媒體的目光，難怪近來大西洋兩岸，以歐洲經濟貨幣聯盟（Economic Monetary Union，簡稱EMU）爲主題的作品紛紛出爐，自成一個豐富、浩瀚的研究領域。

然而，在各種探討EMU或歐元的書籍當中，最大的一個問題往往便是過於專門，使自認完全沒有經濟頭腦或相關學術背景的讀者望之卻步，畢竟對大多數人來說，歐元之所以變成一個有趣的議題，只不過因爲將來到歐洲旅遊可以少換幾種貨幣，降低手續上的麻煩和匯率上的損失而已！但值得注意的是，當「歐體」逐漸走向「歐盟」，然後突然加快經濟整合的腳步時，一個新的國際政經秩序也正在形塑之中，而在這個互賴性日益增強的世界裡，影響所及，自將不會侷限於歐洲內部，而將會是全球性的衝擊。那麼在這批源源不絕的EMU分析裡，究竟有沒有能夠幫助我們洞察先機，帶領一般大眾挑戰歐元的著作呢？

就筆者的閱讀經驗而言,拉維特(Malcolm Levitt)和羅德(Christopher Lord)的《貨幣聯盟政治經濟》(*The Political Economy of Monetary Union*),雖然書名硬梆梆的令人生畏,卻毋寧是極佳的入門,對EMU的來龍去脈提供了有用的導覽。全書共分成三大篇章:第一部份簡介EMU誕生前夕的政治運作;接著為單一貨幣制度(即歐元)的形成,做出經濟上的合理性解釋;最後再就EMU對歐洲整合過程所帶來的長程性影響,進行制度上的分析。換句話說,本書提供了一種具有整體感的歷史回顧,前兩個單元很容易視為有關歐洲課程的參考資料,第三個單元則需在對歐洲有較多的認識之後,才能產生較深的掌握。

如果說拉維特和羅德的《貨》書,為我們勾勒出了森林的遠觀,其缺點便是在近看時,每一棵樹都模糊不清。對於這個遺憾,我們不妨藉由渥爾旭(J. I. Walsh)的《歐洲貨幣整合及國內政治》(*European Monetary Integration and Domestic Politics*),以及維爾丹(A. Verdun)的《歐洲對全球化與金融市場整合的反應》(*European Responses to Globalization and Financial Market Integration*)加以彌補。

這兩位作者使我們瞭解,每個國家和每個團體—如勞工、資本家、銀行、政府財政部門等,在推動EMU時的動機皆有差異。以英國為例,由於製造業和銀行界的關係疏遠,英國在一九九〇年代對單一貨幣制度所表現的不合作態度,和一九七〇年代一樣明顯;當製造業和金融界的利益有較為密切的聯繫時,如法國,支持率就較能維持一貫性的強度;而當兩者間的糾葛趨於極端時,例如一九九〇年代的義大

利,則工業界即使明知短期內將對自己不利,也仍願意支持歐元。不過上述考量都不能自外於國內政治的影響,任何新政府在權力組合上的重新分配,都可能造成選項結構及匯率政策本質上的變遷,例如一九八○年代初期的法國,以及一九九○年代初期的義大利。此外,這兩位作者同時也都預測,一旦當EMU成為事實,這些國家和團體的支持模式將會隨其原先的動機而出現變化,尤其在「歐元地區」認為對「全球化」影響有了足夠的防禦能力之後,改革的誘因便將逐漸消失,屆時歐盟將會如何因應,乃是目前學界及決策者最關心的課題之一。

以上兩本書為現有的歐元文獻提供了具體而寶貴的小規模比較,但他們的結論是否適用於每個國家,則仍有待觀察,其中尤以德國獨特的經濟結構為最!至於在無數以德國為研究個案的作品當中,婁岱爾(Peter Henning Loedel)的《馬克政治》(*Deutsche Mark Politics: Germany in the European Monetary System*)、卡頓撒勒(Karl Kaltenthaler)的《德國與歐洲金錢政治》(*Germany and the Politics of Europe's Money*),以及海森堡(Dorothee Heisenberg)的《中央銀行的馬克》(*The Mark of the Bundesbank: Germany's Role in European Monetary Cooperation*)最值一提。

首先我們不妨自問:為什麼德國願意犧牲馬克,和其他歐洲國家共組經濟貨幣聯盟呢?自從第二次世界大戰結束之後,德國便一直在歐洲經濟上扮演著主導性的角色,德國貨幣決策機構始終享有相當的自主權,德國中央銀行(Bundesbank)不僅是全世界最具影響力的經濟組織之一,德

國馬克也是全球最穩定的一種貨幣！更重要的是，德國已經
達到了貨幣政策最大的目的，亦即穩定的價格凌駕其他一切
經濟目標。很顯然的，廢除既有的馬克而採用方剛起步的歐
元，將會危及上述的所有成就，因此在這樣的情況下，德國
之仍然願意支持EMU，必然有著非常充份的理由。

　　婁岱爾認為最主要的動機，來自德國政治精英對美國經
濟領導權崩潰的失望所致。德國相信在「地球村」的趨勢
下，所有的貨幣都要穩定才能創造最大的經濟成長，但在美
國逐日喪失主導權的今天，追求穩定的全球匯率已是不切實
際的夢想，於是在七大工業國貨幣合作失敗之後，德國退而
求其次，轉向全力推動歐盟的經濟整合。卡頓撒勒表示，關
鍵並不在德國整體的國家利益，而是國內不同機構的經濟利
益折衝後的結果；簡言之，對德國政府及各經濟組織來說，
歐元在當前環境中，提供了彼此利益的交集。海森堡又有另
外一番見解，她的焦點不在全球或國內政治，而在個人領導
風格與制度發展，指出德國總理柯爾（Helmut Kohl）是將德
國帶進EMU的最終決策者，而柯爾之能在他認為適當的時
機，幾乎憑一己之力做出如此重大的決定，一方面是因為德
國政府和中央銀行之間享有特殊的關係，另一方面則是因為
各政黨早有共識，並不願將歐元及EMU化為國內政治辯論的
議題。

　　這三位作者各有不同的切入點，但所採用的卻是類似的
研究方法和資料，再次證明了所謂的「事實」，往往只是詮釋
的角度而已！不過也唯其如此，婁、卡、海氏的三部作品並
不互相牴觸，反能彼此印證，使讀者對德國的EMU思考邏輯

產生更完整的觀照。三位作者所達成的共同結論之一，便是
「貨幣政治乃精英政治」，整個歐洲皆然，德國尤是。貨幣政
治在德國中央銀行受到制度化，政治精英亦早已達成追求穩
定價格的共識；其他西歐國家雖有雷同的制度性結構，但缺
乏國內政治精英的普遍支持，從而使德國能在EMU中取得主
導性的地位。

綜合上述六部作品，我們一再發現「政治」和「經濟」
之間的密切關係，套句老話，簡直就是「權離不開錢」的重
新定義！於是當我們再度將焦距拉遠，從局部的枝幹放眼整
體的樹林時，不禁要讚嘆艾瑞克‧瓊斯（Erik Jones）在二○
○二年出版的《經濟政治與貨幣聯盟》（*The Politics of
Economic and Monetary Union: Integration and Idiosyncracy*），
堪稱本書潮的集大成之作。

本書最難能可貴之處，在於精闢的剖析與文字上的單刀
直入，使複雜的概念變得淺顯易懂，例如，作者在前言中開
宗明義地指出，經濟貨幣聯盟是一個政治議題，並非由於
EMU是個政治機構，而是因為其形成過程牽涉了複雜的政治
運作（參見拉維特與羅德的《貨》書），因此即使每個歐盟國
家都可能設計出和EMU雷同的組織模式，用來估算成本效
益，但對這個組織模式的評價，各國卻仍可能抱持大相逕庭
的看法；換句話說，EMU是蛋，有關EMU的爭議卻不在蛋的
本身，而在孵蛋的巢—這個「巢」涉及了各會員國的國內環
境、歐盟整體的環境，以及全球的大環境。

根據瓊斯的論述，當歐盟在一九九八年五月三日宣佈，

歐盟會員國間的貨幣兌換率將保持「固定不變」時，EMU即已宣告誕生，其意義等同於宣佈「一（加州）美元等於一（德州）美元」一般，而今天正式發行的歐元，便是具體實現此一概念的工具，將由一個獨立的歐洲中央銀行（而非政治委員會）統籌管理。不過他隨後也表示，如果想要回答接下來的兩個問題：為什麼歐洲國家想要固定雙邊兌換率？又如何確保此一兌換率永遠不變？可就沒有這麼簡單了！因為每個國家對固定匯率的立場均有差異，猶如渥爾旭、維爾丹及婁岱爾等人所曾論斷的，有些國家偏重國內經濟利益的計算，有的以國家尊嚴為出發點，有的則以國際政經局勢的發展為前瞻，無法一概而論。因此為了這兩個問題，歐洲各國經過了三十多年的醞釀和討論，才達成了目前的局面。回顧一九六O年代末期，當歐洲各國開始討論單一貨幣的可能性時，所掌握的資料僅有一些不切實際的理論模型、遙不可及的歷史殷鑑，以及根據當時匯兌制度所做的鬆散對比；三十年後的今天，單一貨幣制度的建立仍舊棘手，但至少各參與國對EMU的具體了解都已大為增加。

正如瓊斯所坦承的，他的分析架構建立在三個基本前提上：第一、加入貨幣聯盟，是對這種獨特匯率兌換制度的抉擇，以及對固定匯率的長遠承諾，雖然每個國家決定加入或離開EMU的理由可能不一而足，但EMU是一種獨特的匯率兌換機制，則是不變的事實；第二、貨幣整合和其他任何形式的整合一樣，都需要一個政府透過積極或消極的行為，選擇讓整合實現，才能真的實現；第三、一個政府對整合與否所做出的抉擇，無論出發點為何，終究都是政治性的選擇，出

於主觀而非客觀的考量。於是在這樣開門見山式的寫作手法中，整部《經》書以上述三個立論為經緯，一步步為讀者解開對歐元的迷惑，而對只想儘快離開EMU迷宮的讀者來說，有這一本指南做導引，其實也就綽綽有餘了！

國家主義、國家認同與台灣

　　第 一 次 見 到 高 格 孚 博 士（Stephane Corcuff），是 在 二〇〇二 年五 月 間，倫 敦 亞 非 學 院（School of Oriental and African Studies，簡 稱 SOAS）所 召 開 一個 以 台灣 為 討 論 焦點 的 國際 會議 上。這位 極具 中、英文造詣 的 年輕 法國 學者，以 李登輝 時代 台灣 政治 心理 的 變遷 為主題，風靡 了 所有 在場 的 與會 人士，激起 一場 熱鬧 滾滾 的 唇槍 舌戰，令人 印象 深刻。因此 會後 當 我 知道 他 剛編輯、出版了 一本 新書——《未來 的 記憶：國家 認同 的 議題 和 對 新台灣的 追尋》（*Memories of the Future: National Identity Issues and the Search for a New Taiwan*）時，自然 是 要 先睹 為快 了！

　　無可 諱言，「認同」是 一種 流動性 的 概念，會 隨著 時間與 空間 的 變動 而 做 潛意識 上 的 調整，於是 當 某甲 在 台北 收看平常 的 地方 新聞 時，他 或許 認定 自己 是「台灣」的 一份子；在 收看 北京 對 台海 的 武力 威脅 畫面 時，可能 格外 感受 到 自己是 屬於「中華民國」的 國民；當 看到 談論 中華 文化、遠古 歷史 或是 介紹 中式 佳餚 的 節目 時，不禁 以身 為「中國人」為榮；而 在 接收 來自 美國 有線 電視 新聞網（Cable News Network，簡稱CNN）的 新聞 報導 時，則 又 很可能 有著 隸屬「世界 公民」之感。這是 一種 後現代 觀眾 認同 的 多元化 概念，

打破了「非此/即彼」的政治界線，當有線及衛星電視在台灣大行其道後，更對當地居民產生了非常具體的意義。但是基於兩岸的特殊情勢，某些情況下，政治的障礙無法避免成為這種身分認同自由切換的絆腳石，例如，一九九六年和二○○○年的總統大選，熾熱的選情和中共的文攻武嚇，一再聯手將台灣的國家認同推上檯面，並在國內外媒體的大肆報導下，更加突顯出兩岸的差異性，從而加深了認同的鴻溝。

事實上，當我們使用「台灣」這個名詞的時候，本身就充滿了政治和文化上的意涵，跟「中華民國」這個語彙，具有不同的意義。許多學者認為與其爭辯「中國人」、「華人」、「台灣人」這幾種身份的競爭或並存問題，倒不如討論不同的認同「型態」，特別是「文化認同」和「政治認同」。畢竟從文化的角度說來，硬是有那麼一種難以明確指出的「什麼」，使得海峽兩岸，甚至遍佈世界各角落的華裔人士們，自有其相似之處！可是若從政治的角度來看，那麼其間的鴻溝就相當大了，有些人甚至以為這種鴻溝簡直已經到了無法彌補、整合的地步。

高格孚的《未》書，以探討台灣的政治認同為主旨，追溯了台灣國家主義（Taiwanese nationalism）興起的過程，同時也試圖分析國內政壇的風起雲湧，如何重新架構現代政治、社會和文化對話的本質。

全書除了前言和結論之外，另共收錄了十篇論文，分成三大部分。正如喬治‧桑塔耶那（George Santayana）所曾說過的：「凡遺忘歷史的人，必招致歷史重演。」於是本書的

第一部份（第一章至第三章）乃由歷史出發，透視台灣國家
主義的來龍去脈；第二部分（第四章至第七章）將焦點放在
李登輝執政的最後數年間，由各種象徵性的圖騰（如語言的
使用）呈現出台灣國家認同的轉變，以及一般社會大眾對此
轉變的反應；第三部份（第八章至第十章）則試圖將討論議
題置於更大的研究背景中，指出省籍情結、族群衝突與國家
主義、國家認同的交互影響。

　　一般認為要釐清對現階段台灣認同問題的爭論，有三個
歷史性事件不可不提：一八九五年的馬關條約、一九四七年
的二二八事件，以及一九四○年代間在海外興起的台灣獨立
運動。

　　甲午戰爭失敗後，台灣被割讓給日本，因此許多台獨支
持者將「馬關條約」視為台灣正式告別中國的法律和歷史依
據，但他們卻很少將同年成立的台灣共和國當成獨立運動的
起始點，因為台灣共和國的目的是反抗日本的統治，意識型
態上仍然效忠清廷政府。不過歷史學家許極燉指出，台灣共
和國的成立有其重要性，顯示當時已出現了「台灣人」的集
體概念，而社會學家張茂桂則表示，到了一九二○年代間，
「台灣人」的集體意識已變得很強，指的是在台灣受到日本殖
民統治的特定族群，不過雖然當時這種「台人」或「台民」
意識，並未以獨立於中國之外為終極目標。

　　也因此二二八事件的爆發，成為一個重要的轉捩點，第
一次在島民的心目中，清楚劃分了「台灣（人）」與「中國
（人）」的界線，並進一步激發了在海外發起的台灣獨立運

動。長久以來，二二八事件具有強烈的族群象徵意義，在台
灣本土展開的反對運動中，成爲異議人士呼籲民主改革及政
權轉移的強烈訴求，同時也是在此一事件之後，國民黨政府
決定開始對台灣媒體採取嚴屬的管制措施，直到一九八七年
解嚴之前，透過對主流媒體及合法媒體的密切掌握，執政當
局幾乎享有對信息資源的全盤壟斷。於是在戒嚴法之下，台
灣媒體所呈現出來唯一的一種認同，便是國民黨政府「一黨
獨大」的執政理念和「反攻大陸」的意識型態，至於台灣當
地的方言和本土文化，則不僅在主流媒體和文化圈受到嚴重
的歧視，連在日常生活中也面臨了被壓抑的困境。不過本書
第二章作者愛德蒙森（Robert Edmondson）從人類學研究的
角度也發現，最近幾年來，基於新的政治與社會現實，「二
二八」已經產生了許多新的象徵意義，模糊了昔日族群分裂
的歷史記憶，浮現爲超越族群的全國性圖騰。

於是由這段歷史回顧中，我們再度證實了「認同」的流
動性。如果台灣果眞具備了一種獨特的認同的話，則此一認
同實也是受到了外來勢力、文化思潮、意識型態的不斷衝擊
所致─特別是來自日本、美國，以及自一九四五年以來國民
黨政權的影響。尤有甚者，值此後冷戰時代，新世界秩序大
幅重整，做爲這個新國際政經體系和資訊地球村裡的一環，
美國政治社會學家高德（Thomas Gold）早已發現，兩岸三地
的流行文化和經貿交流，自一九九O年代初期以來，幾乎已
成爲一股無可抵擋的趨勢，而這股區域化（regionalization）
的勢力與全球化（globalization）的浪潮彼此綿密互動，無疑
地更使台灣的認同問題變得愈趨複雜！因此在爲讀者建立起

歷史的觀照之後，本書旋即開始處理寶島今天所面對的各項議程。

　　一九八○至一九九○年代間，台灣的各種國家政策（如國家綱領）、全國性圖騰（如紙鈔貨幣）、有關「中國」及「統一」的對話（如教科書的修改），以及對台獨言論的態度等，都出現了緩慢而巨大的轉變，一方面反映出台灣民眾對國家認同的觀感變化，但另一方面也回頭加強了這種變遷的趨勢。高格孚表示，李登輝時代深植了台灣政體的本土化，但是整個過程是一種階段式的改革，而非與過去斷然決裂的革命。

　　不過，改革儘管採取了漸進的手段，影響所及卻既深且鉅，那麼面對此一複雜萬狀的變遷，本省人及外省人各有什麼反應？不同輩分的外省人又如何調適自我的認同？由他們個別的研究中，社會學家李廣均發現，外省人對台灣的認同雖然模稜兩可，但他們的「台灣化」終究已是不可否認的現象，同時政治學者林聰吉也達成了幾個引人深思的結論：第一、過去幾年間，無論本省人或外省人的民主價值觀皆很穩定，但他們的國家認同觀卻出現很大的轉變，尤其是外省人；第二、族群差異和民主態度無關，但和國家認同及對台灣前途的看法，卻呈現重要的關聯；第三、在各種變數之中，族群、國家認同及民主價值觀等三個元素，對台灣前途的輿論始終具有重大影響。

　　那麼接下來我們不禁要問：整體而言，台灣民眾對國家認同未來的看法究竟如何呢？

　　針對這個棘手的題目，一九九〇年代期間，中研院學者吳乃德曾經做過一項具有突破性的研究，詢問受訪者兩個假設性問題：第一、如果台灣宣佈獨立後，仍能和中國大陸保持和平關係，台灣應該宣佈獨立嗎？第二、如果中國大陸的經濟、政治和社會條件變得與台灣相近，兩岸應該統一嗎？

　　根據這項調查的結果，社會學教授馬爾旭（Robert Marsh）在本書第七章裡，將台灣社會區分爲四個團體：台灣國家主義者、中國國家主義者、彈性認同者，以及保守派（不願或不知如何表態者），其中彈性認同者的人數最多，端視上述兩個假設性條件何者先趨成熟而定。馬爾旭並發現，即使面對一九九六年的飛彈危機，在本省人當中，彈性認同的人數仍與台灣國家主義者等量齊觀，可見時至今日，台灣國家認同的依歸，早已不再是黑白分明的族群爭議而已！

　　於是由此我們也終於瞭解，李登輝在一九九八年所曾提出的「新台灣人」主張，爲什麼會成爲強而有力的號召了！正如社會學家張茂桂所分析的：台灣人的尊嚴來自過去五十年來經濟條件和物

本書作者（中）與研究台灣政治的歐洲學者高格孚（左）、任格雷（右）合影。Jack Rawnsley 攝影，2003，巴黎

質生活的改善，所以要保存台灣的經濟成果和民主權利，每個人都在海峽現況中摻有一腳。基於此一了悟，本書第九章作者吳叡人乃指出「移民群體和新建本土化國家重新融合」的重要性，此外政治學者林佳龍也在書中強調，民主化過程所強化的台灣國家意識，已將「台灣人」的詞性內涵，由專指「本省人」的族群名詞轉化成「台灣公民」的意義。

在「台灣學研究」逐漸抬頭的今天，已有越來越多的國、內外學人紛紛投身於對寶島的鑽研，但能夠以科學態度嚴謹剖析、坦承面對台灣國家認同問題的著作，畢竟仍屬鳳毛麟角，難怪本書甫推出不久，已贏得學界一致的肯定，美國「台灣學」泰斗馬孟若教授（Ramon H. Myers）更推崇道：這本書不僅值得一般大眾廣泛閱讀，更值得中華人民共和國的領導階層及社會精英藉鏡參考。

最後，在閱讀本書之際，我獲致了一個小小心得，願與讀者諸君分享：自從一九八〇年代中期的政治自由化推動以來，逐漸開放的媒體環境和日新月異的傳播科技，不僅在台灣社會開闢了認同議題的討論空間，也進一步創造、整合出了新的認同與意識型態。這個「新認同」不再直接架構於「台灣（本省）人」與「大陸（外省）人」之間原始差異的辯證（儘管這種矛盾在選舉期間仍是最重要、最充滿激情的矛盾），而是基於市民社會的成長，因此我們看到廣大選民嚴重關切的共同訴求，諸如環保、交通、治安、媒體改革的議題……等，能夠促成各式各樣的團體摒除省籍情結，只因對議題的認同而紛紛宣告組成，是台灣社會循文明途徑邁向民主鞏固（democratic consolidation）的重要契機。如果要繼續

呵護這種新認同的發展，以及市民社會的茁壯，那麼一個自由、多元、開放、包容的社會（包括媒體及學術環境在內），讓各種不同的身份認同及認同型態都能和平共存，毋寧是一個必要條件。

《危機與安全》、《推銷台灣》和我

台灣是我最珍愛的土地；寫作則是我精神生活最大的依歸。因此經過多年筆耕，《危機與安全》（幼獅）和《推銷台灣》（揚智）兩本書終於相繼在二〇〇三年於國內問世，我的歡喜之情固然難以言表，但是坦白說，箇中其實也有著非常濃厚的「近鄉情怯」之感，因為在異域談論故鄉事，面對的群眾

是「第三者」，可是一旦將這些作品引進回國之後，讀者卻都是故鄉人……。

海外的台灣學研究起步甚晚，不過自從美國柏克萊大學的高德教授於一九八六年以《台灣奇蹟下的國家與社會》（*State and Society in the Taiwan Miracle*）一書，喚醒了西方學界對台灣政治的注意力之後，將近二十年來，有關台灣學研究的英語文獻，可謂已經結出了相當豐碩的果實。

正如東亞政治學家任雪麗教授（Shelley Rigger）在二〇〇三年所發表的一篇專文中所指出的，台灣研究的重要性之

所以與日俱增，至少有三個因素：第一、雖然台灣學僅屬於
中國研究領域的邊陲，對中國有興趣的政治學者卻絕不能忽
略台灣，因為兩岸關係在中國的內政和外交上，都具有舉足
輕重的地位；第二、寶島由殖民主義（Colonialism）走向發
展威權主義（Developmental Authoritarianism）再走向民主化
的演進過程，為比較政治學家和理論學者提供了充分的實證
數據和研究資料，使我們能對各種理論模型進行更細微的檢
驗與再思考；第三、台灣的戰略地位、經濟實力以及政治敏
感度，使之對美國政策產生了和寶島面積不成比例的重要影
響，尤其自一九八O年代初期以降，台灣內部政治生態的快
速變遷，以及亞太地區整體情勢的風起雲湧，使西方各國的
決策者對台灣研究顯現了迫切的需求。

　　英國政治學者任格雷（Gary D. Rawnsley）在二〇〇〇年
出版的《台灣的非官方外交與政治宣傳》（*Taiwan's Informal
Diplomacy and Propaganda*）一書，以及我和格雷在二〇〇一
年合著的《安全批判、民主化與台灣電視》（*Critical Security,
Democratisation and Television in Taiwan*），可以說同時都反映
了上述的三種趨勢。前者的中文翻譯本便是《推銷台灣》，書
中不僅呈現了台海安全的詭譎和微妙，探討了自二次世界大
戰以來，中華民國在外交政策與思考架構上的調整與成長，
也突顯了和國際社會，特別是和美國之間綿密的互動，具有
政策上和學術上的雙重價值；後者的中文版為《危機與安
全》，企圖扣緊台灣過去五十年來的政治動脈，由媒體的角度
探索台灣政治環境的起伏變化，並藉著台灣的研究個案檢驗
安全批判和民主化的理論。

　　《推銷台灣》一書旨在討論像台灣這樣不受國際社會承認的政府，應該如何推銷外交政策，又應如何運用政治宣傳增強外交效能的問題。

　　作者在研究過程中發現，雖然中華民國不得不從事政治宣傳，但其外交官卻非常排斥此一標籤，使得「推銷台灣」的工作績效不免打了一些折扣，因此本書一開始便企圖分析「外交（Diplomacy）」和「政治宣傳（Propaganda）」之間真正的界線，指出政治宣傳和外交這兩種活動，都是「國際政治傳播」（International Political Communications）過程的一部份，而「國際政治傳播」這個詞彙本身，廣泛到足以涵概現存所有不同的傳播型式。外交是一種傳播行為，發生在政府對政府的層級上，雖然偶爾可能有媒體的介入，但整體說來，外交必須在「機密」與「雙向」的情況下進行，才能發揮最大的功能；政治宣傳也是一種傳播行為，但若缺乏「宣傳」的氧氣就無法有效運轉，因此有別於外交。政治宣傳以大眾意見為標的，期能駕馭「群眾力量」，將支持或同情的輿論動員成一股無可忽視的助力。

　　作者接著追溯了中華民國外交困境的歷史背景，從共產黨在中國大陸獲勝以來，對國民黨移居台灣之後的國際處境做了扼要的回顧，並由此一滄海桑田的時移勢轉，呈現出了台灣國際地位的性格，以及其命運之經常受到外力的左右。

　　俗話說「弱國無外交」，長久以來，中華民國的政府和國民也都常以此自解自嘲。然而在翻譯的過程中，我卻衍生了兩個感想，首先我認為中華民國其實不「弱」，並不宜妄自菲

薄：以面積而言，論者嘗謂台灣是「小島」，但在全球兩百三十四個國家中，中華民國的陸地面積不過稍低於平均值，居第一百四十名，可見並不算「小」得微不足道；以兩千三百多萬的人口而言，則佔全球第四十七位，排名在澳洲之前；若再就短短期間內所創造的經濟奇蹟和政治奇蹟來說，那麼台灣民眾就更足以自豪了！因此我們從書中也發現，中華民國其實有不少資源可以用來好好地自我推銷，端看怎麼運用這些資源而已。

　　至於第二個感想，則是我同時也發現「強」、「弱」是一種相對的概念，中華民國雖非「弱國」，但因她的「敵手」是中華人民共和國，處處與之抗衡、相比，難免相形見絀：以面積而言，台灣的土地是中國大陸的兩百六十分之一，以人口而言，大陸的十四億人口早已雄踞全球之冠，而自從加入世界貿易組織（World Trade Organization，簡稱WTO）之後，世界各國更是競相覬覦大陸市場，連台灣本身亦不例外！換句話說，在這場長程的「競賽」裡，經濟實力固然是中華民國的重要籌碼，但政治和社會的民主成就，畢竟才是她更大的優勢，而尤其重要的思考面向是，唯有當中華民國能從「零和賽局」中解套出來時，她才有可能更靈活、充分、有效地運用外交和政治宣傳資源，加強在國際間的有利地位。

　　誠如作者指出的，被迫必須從事非正式外交的政府（挑戰者），通常也和國際上享有正統地位的另一股力量（權威）進行著政治上的鬥爭，例如巴勒斯坦解放組織（Palestine Liberation Organization，「挑戰者」）與以色列（權威），或者

中華民國（挑戰者）與中華人民共和國（權威）。此一競賽具
有不平等的性格，包括接近使用第三國政府及媒體的機會不
均，國際大眾、他國政府及全球媒體對兩者的興趣程度有所
差異，此外，雙方能夠投注於競爭上的資源往往也並不均
衡。不過作者發現就本書所採用的個案來說，最後一點對中
華民國並不構成問題，因為在許多方面，台北其實享有比北
京更豐富的資源，問題在於如何運用、組織這些資源，以便
發揮最大的影響力。

於是本書深入探索了中華民國使用政治宣傳的模式，政
治宣傳的組織架構，與外交機構的互動，對外政策的制訂與
執行，這些活動和政治宣傳部門的關聯，以及針對海外華人
社區與大陸內部中國人為對象的政宣活動等。此外，本書也
檢驗了傳遞中華民國政治宣傳訊息的系統，亦即以國際社會
為對象的印刷和廣電媒體，討論不同媒體間的利弊得失，評
估新聞記者在散佈官方政宣訊息上所扮演的角色，並分析了
中華民國政府在一九九六年台海危機期間，如何使用國際媒
體強化外交地位的做法。

至於《危機與安全》一書，則將焦點從國際環境轉移到
了國內媒體的身上。

借用中山大學廖達琪教授的話來說：以「安全」為名，
進行對媒體的管控及檢查，是所謂「新聞自由」律則最常遇
到的挑戰，因此本書的目的便是在分析台灣的權力當局曾如
何藉著「國家安全」為由，試圖對媒體加以掌控，並藉之傳
達其對「安全」的概念，但在另一方面，異議媒體又如何於

威權的縫隙中尋找出路，影響反對運動的凝聚、成形和運作，終於在西元兩千年達到了政黨輪替的理想！在這中間，媒體固然曾是舊政權建構「安全」迷思（如「國民黨執政，共產黨不來」）的傳聲工具，卻也是帶動民主化的推手之一，回過頭來摧毀了此一迷思的正當性。換句話說，媒體對台灣民主化雖功不可沒，但媒體對舊有「安全」迷思的維護，也有一定的角色。

對「新聞自由」構成挑戰的另一種力量，是商業市場及全球化的趨勢，這則是本書的另一個題旨，試圖從新馬克斯主義（Neo-Marxist）、文化帝國主義（Cultural Imperialism）和民主傳播（Democratic Communications）等理論模型，解析為什麼在資本主義的運作下，民主國家中看似自由的媒體，實質上卻往往缺乏真正的獨立性，不僅面臨被跨國財閥壟斷經營權的危機，且經常為了市場競爭的商業利潤，犧牲各種節目和報導的品質與多樣化，阻礙了資訊的自由生產及流通，而台灣在解嚴後的媒體狀況，雖然是百家爭鳴，但內容品質的低落，互相的複製，新聞業的被消遣為製造業等，在在反映了這種困境。

民主不能沒有自由的媒體，正如美國前總統傑弗遜（Thomas Jefferson）所曾表示的：「如果要我在『有政府而沒有報紙』或『有報紙而沒有政府』之間選擇，我寧可選擇後者。」由此可見「新聞自由」的重要性！而今日的台灣既已發展出了民主社會，「新聞自由」的保障及貫徹，應是一條不歸路，雖然未來的道路可能遍佈荊棘，我們仍期許民主化中的台灣媒體可以更開放、多元，並透過媒體的國際流通和

市民社會的監督要求，成為督促媒體進步的力量，進而使媒體能夠幫助從個人到國家得到更大的安全感。

所謂「知己知彼，百戰百勝」。如果說《危機與安全》主要是著重在對台灣的內省工作，那麼隨著《推銷台灣》綜觀過去五十多年來中華民國在海外奮鬥的篇章，驚心動魄之餘，其實也使我們在無形中學會以更客觀的國際視角來認識台灣。作者在《推銷台灣》的結論中歸納出了中華民國政治宣傳所面臨的幾個問題，謀求可能的改善之道，但他同時也坦承，唯有當國際情勢及台海環境出現巨大的轉變之後，中華民國現階段所設定的遠程目標才有可能實現（例如重返聯合國），而要控制此一轉變的步調或程度，絕非任何政治宣傳組織所能迄及。因此他認為中華民國執政當局有必要重新檢驗其長、中、短程的政宣目標，體認政治宣傳實際的限制與功能，從而集中資源在能夠產生作用的目標上，以期發揮更大的外交效能與宣傳效果。

最後值得一提的是，政治轉眼就成了歷史，其速度之快，往往令人悚然心驚。在《危機與安全》付梓之後，台灣的媒體改革運動仍持續展開，後續的追蹤僅有待來日的研究另做補充；但更明顯的是《推銷台灣》，恰在本書英文版問世的同時，台灣政壇出現了歷史性的政黨輪替。因此將本書翻成中文之後，我也不得不請原作者就目前的國內、外局勢加入一些新的分析，而作者在譯本裡所提及的資訊戰爭（Information Warfare），以及兩岸資訊戰對外交運作的衝擊，顯然將是未來國際傳播學界及各國政府的關注焦點，或許應是值得國人及早正視並研究對策的重要課題。

讀書手札

Note

讀書手札

讀書手札

大陸新生代作家系列

D9002	上海寶貝	衛　慧/著	NT：250
D9003	像衛慧那樣瘋狂	衛　慧/著	NT：250
D9004	糖	棉　棉/著	NT：250
D9005	小妖的網	周潔茹/著	NT：250
D9008	烏鴉 ——我的另類留學生活	九　丹/著	NT：280
D9009	茶花淚	孫　博/著	NT：300
D9010	新加坡情人	九　丹/著	NT：250

台灣作家系列

D7101	我的悲傷是你不懂的語言	沈　琬/著	NT：250
D9007	金枝玉葉	齊　萱/著	NT：250

歷史小說系列

D9401	風流才子紀曉嵐－（上冊）妻妾奇緣	易照峰/著	NT：350
D9402	風流才子紀曉嵐－（下冊）四庫英華	易照峰/著	NT：350
D9403	蘇東坡之把酒謝天	易照峰/著	NT：250
D9404	蘇東坡之飲酒垂釣	易照峰/著	NT：250
D9405	蘇東坡之湖州夢碎	易照峰/著	NT：250
D9406	蘇東坡之大江東去	易照峰/著	NT：250
D9407	蘇東坡之海角天涯	易照峰/著	NT：250
D9408	蘇東坡之文星隕落	易照峰/著	NT：250
D9409	胡雪巖（上冊）	徐星平/著	NT：250
D9410	胡雪巖（下冊）	徐星平/著	NT：250
D9411	錢王	鍾　源/著	NT：299
D9501	紀曉嵐智謀（上冊）	聞迅/編著	NT：300
D9502	紀曉嵐智謀（下冊）	聞迅/編著	NT：300

WISE系列

D5201	英倫書房	蔡明燁/著	NT：220
D5202	村上春樹的黃色辭典	村上世界研究會/著, 蕭秋梅/譯	NT：200
D5203	水的記憶之旅	山田登世子/著, 章蓓蕾/譯	NT：300
D5204	反思旅行－一個旅人的反省與告解	蔡文杰/著	NT：180
D5205	百年的沉思	辛旗/著	NT：350

MONEY TANK系列

D4001 解構索羅斯-索羅斯的金融市場思維	王超群/著	NT：160
D4002 股市操盤聖經-盤中多空操作必勝祕訣	王義田/著	NT：250
D4003 懶人投資法	王義田/著	NT：230
D4004 股海怒潮－終結本益比的神話王國	費　采/著	NT：220
XE010 台灣必勝	黃榮燦/著	NT：260
D4005 致富新捷徑	王俊超/著	NT：180

ENJOY系列

D6001 葡萄酒購買指南	周凡生/著	NT：300
D6002 再窮也要去旅行	黃惠鈴、陳介祜/著	NT：160
D6003 蔓延在小酒館裡的聲音	李　茶/著	NT：160
D6004 喝一杯,幸福無限	書籍編輯部/主編,曾麗錦/譯	NT：180
D6005 巴黎瘋瘋瘋	張寧靜/著	NT：280
D6006 旅途中的音樂	莊裕安等/著	NT：250

A-PLUS系列

D5101 求職Easy Job	汪心如/著	NT：149
D5102 面試Easy Job	汪心如/著	NT：199
D5103 魅力領導	葉微微/著	NT：280

FAX系列

D7001 情色地圖	張錦弘/著	NT：180
D7002 台灣學生在北大	蕭錦弘/著	NT：250
D7003 台灣書店風情	韓維君、馬本華、董曉梅、黃尚雄 蘇秀雅、席寶祥、張　盟、王佩玲/著	NT：220
D7004 賭城萬花筒－從拉斯維加斯到大西洋城	張　邦/著	NT：230
D7005 西雅圖夏令營手記－一位父親的親子時間	張維安/著	NT：240
XA009 韓戰憶往	高文俊/著	NT：350
XA016 韓戰生死戀	王北山/著	NT：380
D8001 情色之旅	李憲章/著	NT：180
D8002 旅遊塗鴉本	李憲章/著	NT：320
D8003 日本精緻之旅	李憲章/著	NT：320

當代大師系列

D2001 德希達	楊大春/著	NT：150
D2002 李歐塔	鄭祥福/著	NT：150
D2003 羅逖	張國清/著	NT：150
D2004 傅柯	楊大春/著	NT：150
D2005 詹明信	朱 剛/著	NT：150
D2006 海德格	滕守堯/著	NT：150
D2007 維根斯坦	趙敦華/著	NT：150
D2008 希克	林 曦/著	NT：150
D2009 拉岡	王國芳 郭本禹/著	NT：200
D2010 薩伊德	朱 剛/著	NT：200
D2011 哈伯瑪斯	曾慶豹/著	NT：200
D2012 班傑明	陳學明/著	NT：150
D2013 紀登士	胡正光/著	NT：200
D2014 史碧娃克	曹 莉/著	NT：150
D2015 羅爾斯	應 奇/著	NT：200
D2016 貝爾	王小章/著	NT：200
D2017 布魯克	王婉容/著	NT：200
D2018 田立克	王 民/著	NT：200
D2019 霍爾	胡芝瑩/著	NT：200
D2020 史特勞斯	胡全威/著	NT：200
D2021 費爾阿本德	胡志強/著	NT：200
D2022 伊戈頓	馬馳、張岩冰/著	NT：150
D2023 鄂蘭	王晉力/著	NT：150
D2024 布爾迪厄	高宣揚/著	NT：200
D2025 拉克勞與穆芙	曾志隆/著	NT：200
D2026 伍爾斐	汪子惟/著	NT：200
D2027 吳爾芙	吳慶宏/著	NT：200
D2028 克里斯多娃	羅 婷/著	NT：200
D2029 布希亞	季桂保/著	NT：150
D2030 高達瑪	何衛平/著	NT：200
D2031 梅洛龐蒂	楊大春/著	NT：200
D2032 昆德拉	李思屈/著	NT：200

LOT系列

D6101	觀看星座的第一本書	野尻抱影/著，王瑤英/譯	NT：260
D6102	上升星座的第一本書	黃家騵/著	NT：220
D6103	太陽星座的第一本書	黃家騵/著	NT：280
D6104	月亮星座的第一本書	黃家騵/著	NT：260
D6105	紅樓摘星－紅樓夢十二星座	風雨、琉璃/著	NT：250
D6106	金庸武俠星座	劉鐵虎、莉莉瑪蓮/著	NT：180
D6107	星座衣Q	飛馬天嬌、李昀/著，Nancy Huang/繪圖	NT：350
XA011	掌握生命的變數	李明進 著	NT：250

MBA系列

D5001	混沌管理-中國的管理智慧	袁 闖/著	NT：260
D5002	PC英雄傳	高于峰/著	NT：320
D5003	駛向未來	徐聯恩、葉匡時、楊靜怡/著	NT：280
D5004	中國管理思想	袁闖/主編，馬京蘇/等著	NT：500
D5005	中國管理技巧	王震等/著，芮明杰、陳榮輝/主編	NT：450
D5007	裁員風暴	丁志達/著	NT：280
D5008	投資中國（台灣商人大陸夢）	劉文成/著	NT：200
D5009	兩岸經貿大未來──邁向區域整合之路	劉文成/著	NT：300
D5010	業務推銷高手	鄒濤、鄒傑/著	NT：300
D5011	第七項修練—解決問題的方法	薄喬萍/編著	NT：300

小市民理財系列

D4101	理財相對論	劉培元/著	NT：200
D4102	錢進口袋－小市民理財致富50招	劉培元/著	NT：200

古粹new智慧系列

D9601	職場觀測站─古典名句新智慧	李保祿/著	NT：200

···· 多加利用博客來、金石堂等網路書店
線上訂購優惠折扣多喔！

106-□□
台北市新生南路3段88號5樓之6

揚智文化事業股份有限公司　　　收

□□□-□□
地址：　　　市縣　　鄉鎮市區　　路街　段　巷　弄　號　樓
姓名：

PUBLICATION

生智

 書號 D5206　　書名 英倫蛙書蟲

生智文化事業有限公司

讀・者・回・函

感謝您購買本公司出版的書籍。
爲了更接近讀者的想法，出版您想閱讀的書籍，在此需要勞駕您
詳細爲我們填寫回函，您的一份心力，將使我們更加努力！！

1. 姓名：_____

2. E-mail：_____

3. 性別：□ 男 □ 女

4. 生日：西元_____年_____月_____日

5. 教育程度：□ 高中及以下 □ 專科及大學 □ 研究所及以上

6. 職業別：□ 學生 □ 服務業 □ 軍警公教 □ 資訊及傳播業 □ 金融業
   □ 製造業 □ 家庭主婦 □ 其他_____

7. 購書方式：□ 書店 □ 量販店 □ 網路 □ 郵購 □書展 □ 其他_____

8. 購買原因：□ 對書籍感興趣 □ 生活或工作需要 □ 其他_____

9. 如何得知此出版訊息：□ 媒體_____ □ 書訊 □ 逛書店 □ 其他_____

10. 書籍編排：□ 專業水準 □ 賞心悅目 □ 設計普通 □ 有待加強

11. 書籍封面：□ 非常出色 □ 平凡普通 □ 毫不起眼

12. 您的意見：_____
_____

13. 您希望本公司出版何種書籍：_____

☆填寫完畢後，可直接寄回（免貼郵票）。
我們將不定期寄發新書資訊，並優先通知您
其他優惠活動，再次感謝您！！